Ice

Du même auteur
aux Éditions J'ai lu

Ma douce Audrina (1578)

Fleurs captives :
Fleurs captives (1165), Pétales au vent (1237), Bouquet d'épines (1350), Les racines du passé (1818), Le jardin des ombres (2526)

La saga de Heaven :
Les enfants des collines (2727), L'ange de la nuit (2870), Cœurs maudits (2971), Un visage du paradis (3119), Le labyrinthe des songes (3234)

Aurore :
Aurore (3464), Les secrets de l'aube (3580), L'enfant du crépuscule (3723), Les démons de la nuit (3772), Avant l'aurore (3899)

La famille Landry :
Ruby (4253), Perle (4332), D'or et de lumière (4542), Tel un joyau caché (4627), D'or et de cendres (4808)

Les orphelines :
Janet (5180), Crystal (5181), Brenda (5182), Rebecca (5183), En fuite ! (5184)

La famille Logan :
Melody (5516), Le chant du cœur (5616), Symphonie inachevée (5772), Petite musique de nuit (5967), Olivia (6053)

La famille Hudson :
Rain (6079), Au cœur de l'orage (6079), L'œil du cylone (6286), Au-delà de l'arc-en-ciel (6371)

Les fleurs sauvages :
Misty (6466), Star (6524), Jade (6645), Cat (6716), Au fond du jardin (6766)

La famille De Beers :
Willow (6829), La forêt des maléfices (6922), Les racines vénéneuses (7295), Au fond des bois (7374)

Étoiles filantes :
Cinnamon (7505)

Virginia C. Andrews®

Ice

Traduit de l'américain
par Iawa Tate

J'AI LU

Titre original :
ICE
Pocket Books, New York

PROLOGUE

Je n'avais guère plus de six ans. Ce jour-là, ma maîtresse d'école me fit venir auprès d'elle à la fin de la classe. Si je persistais dans mon mutisme, déclara-t-elle, si je continuais à me taire, à ne jamais répondre à ses questions, toutes les pensées qui auraient dû s'exprimer enfleraient et s'accumuleraient sous mon crâne. Tôt ou tard celui-ci éclaterait sous l'effet d'un tel tintamarre.

— Ni plus ni moins qu'un œuf!

Elle expliqua. Le cerveau contenait un réservoir où s'engrangeaient les idées, mais sa contenance n'était pas extensible à l'infini. Il fallait, de temps à autre, laisser s'échapper une opinion, une rêverie, un sentiment, quelque chose. Pour y parvenir, il n'existait qu'un seul moyen à notre disposition, la parole.

— Ice, comprends-tu ce que je viens de dire ?

Le seul fait d'articuler mon prénom semblait lui donner la chair de poule. Entre les dents, brusquement serrées de Mme Waite, il devenait un murmure dont le pouvoir maléfique subsistait malgré tout comme si un frisson, chaque fois, la parcourait tout entière.

À l'occasion de l'unique convocation de parents d'élèves à laquelle ma mère consentit à répondre pendant toute ma scolarité en primaire, Mme Waite la questionna sur la bizarrerie de donner à une enfant un prénom si scabreux.

Assise à mon petit pupitre, les mains sagement croisées devant moi (comme il se devait chaque matin quand la classe commençait), j'écoutais la conversation dont j'étais l'objet sans plus d'intérêt que s'il s'était agi de quelqu'un d'autre. Incapable de supporter plus longtemps cette situation embarrassante, je détournai mon attention pour surveiller les sautillements impatients d'un jeune moineau posé sur l'appui de la fenêtre.

Cet oiseau fragile me passionnait bien davantage. Il chantait. Notre présence, sans doute, le gênait. Il devait se demander pourquoi s'abattait sur lui, sur ses vocalises de néophyte, ce cataclysme de sons humains, toujours si ingrats à l'oreille.

— On dirait un sobriquet plus qu'un véritable prénom, insistait Mme Waite. Comment l'avez-vous baptisée, en réalité ?

— Ice, répondit ma mère.

Ses lèvres se pincèrent. Elle avait les yeux noirs de colère. De toute évidence, les accusations sous-jacentes portées par ma maîtresse d'école ne lui convenaient pas.

Mme Waite était un petit bout de femme d'un calibre à peine supérieur à celui de certaines de ses élèves. L'air d'un Tom Pouce délicat, facilement effarouché. Elle battit en retraite face à l'agressivité maternelle, se réfugia derrière son bureau. À l'abri de ce rempart précaire elle nous considéra tour à tour, ma mère et moi. Maman gardait fixé sur elle son regard brûlant des très mauvais jours. Je savais très bien ce qu'elle pensait. De quoi se mêlait ce gnome opiniâtre ? Quel plaisir ce serait d'appliquer un soufflet sur sa joue pâlichonne !

— Où voulez-vous en venir avec cette histoire de prénom ? demanda-t-elle, d'une voix capable de briser toutes les réticences.

— Ice, vous en conviendrez, n'est pas un prénom ordinaire, balbutia Mme Waite. Votre fille est l'objet de quolibets de la part des autres enfants. Je songeais… peut-être serait-il souhaitable de remédier dès maintenant à ce problème dont les conséquences risquent de la poursuivre toute sa vie. Les enfants, vous ne l'ignorez pas, madame Goodman, ne se font guère de cadeaux entre eux. La cruauté leur vient en toute innocence, pourrait-on dire.

— Ma fille saura faire face, j'en suis sûre, répliqua maman d'un ton sec.

Il lui vint une vilaine grimace tandis qu'elle me gratifiait d'un bref coup d'œil. Elle se leva.

— Nous avons terminé, je pense ?

— Pas du tout ! s'exclama la maîtresse. Je vous en prie, madame Goodman, un peu de patience. D'autres sujets, plus graves, méritent d'être abordés avec la mère de cette enfant.

Ma mère fit entendre un soupir, si profond qu'il souleva ses épaules et ses seins de glace, objet de ses soins et de sa fierté ! Pour rien au monde elle n'aurait consenti à porter un soutien-gorge, pas même pour une entrevue avec ma maîtresse d'école. Ma mère n'avait que dix-huit ans, le jour de ma naissance. Depuis lors, elle n'avait cessé de boire sec et de fumer comme un sapeur, sans altérer pour autant sa silhouette et son teint lisse, dignes de ceux d'une étudiante. Une très belle étudiante. Sa peau fine avait la couleur ambrée d'un grain de café fraîchement grillé. Mon père, géant aux proportions impressionnantes, le visage épais flanqué d'une moustache déjà striée de gris alors qu'il n'avait pas trente ans, feignait de s'amuser des blagues de ses amis concernant sa « femme enfant », quand on ne l'accusait pas de se montrer un peu trop souvent au bras de sa fille aînée. Ma mère, bien sûr, buvait du petit-lait. Papa critiquait sa manière de s'habiller, provocante à l'excès, son comportement outrageusement juvénile en public. Elle allait au-devant de ces commentaires, disait-il en somme, elle cherchait à l'humilier, de propos délibéré.

Maman, dans ces circonstances, faisait volte-face comme un taureau dans l'arène. Sa bouche crachait les reproches en cataractes. Les mots jetés à toute vitesse semblaient autant de poings dont elle martelait le visage de son mari.

— De quoi m'accuses-tu exactement, Cameron Goodman ? Quelles nouvelles injures profères-tu contre moi ? Tu me traites de racoleuse, ni plus ni moins ? Si j'ai mal compris, explique-toi !

Mon père levait les bras en l'air ou les yeux au ciel, selon le cas. Expressions d'impuissance. C'était sa manière de capituler.

— Continue, fais comme il te plaira. Je m'en fous.

— Et toi, morveuse, pourquoi me regardes-tu avec ces yeux de merlan frit ?

C'était à moi, cette fois, que le compliment s'adressait. Moi, la gamine réfugiée dans son coin, témoin de leur dernière prise de bec. Je l'observais, en effet. Silencieuse, j'observais ma mère qui savait si bien se donner en spectacle. Que lisait-elle dans mon regard ? Stupeur, curiosité, indifférence ? Quoi qu'il en fût, maman n'aimait pas ce regard.

À l'époque, leurs querelles ne constituaient pas un numéro trop déplaisant. On pouvait encore, sans effroi, voir, écouter. Ces algarades étaient loin du niveau de violence qu'elles devaient atteindre par la suite. La barbarie nous menaçait et nous l'ignorions. Notre famille vivait, presque inconsciente, dans l'ombre allongée de la catastrophe. Tapis dans les coins d'ombre de l'appartement de Philadelphie, les monstres assoupis attendaient l'heure propice pour se réveiller. Une fois tirés de leur sommeil, ils ne cessèrent de tournoyer au-dessus de nos vies pour s'abattre au moindre signe de dissension. Tous les prétextes leur étaient devenus favorables. La corrida se déchaînait plusieurs fois par semaine.

— Qu'avez-vous encore à me dire au sujet de ma fille ? Elle vous importune ?

— Au contraire, madame Goodman. Cette petite est un modèle de politesse.

Ma mère rongeait son frein.

— De quoi s'agit-il donc ? Je vous écoute.

Mme Waite me regarda, comme pour me prendre à témoin de la véracité des paroles qu'elle allait prononcer, soudain penchée vers ma mère dans l'attitude de la confidence. Pas du tout, elle haussa le ton, je devais tout entendre.

— De nos jours, il est agréable de rencontrer une fillette aussi réservée. La plupart de ses camarades manquent déjà de bienséance.

La méfiance embrasa les yeux de ma mère. Ils devinrent deux fentes luisantes.

— Où voulez-vous en venir, à la fin ?

— La discrétion, le respect des grandes personnes nul ne s'en plaindra. Trop d'enfants se montrent bruyants, indisciplinés.

Maman opina.

— Je ne vous le fais pas dire. Une de vos élèves, en particulier, la dénommée Edith Merton. J'ai recommandé à ma fille de se tenir à l'écart de cette petite peste. Quel exemple détestable pour les autres ! Elle fume, par-dessus le marché. N'est-ce pas, Ice ?

Je battis des paupières.

— Si jeune, insista ma mère. Quel âge a-t-elle, huit, neuf ans ?

Je les dévisageai à tour de rôle. Edith Merton fumait en cachette. Elle avait neuf ans, ma mère le savait très bien.

— J'en arrive à l'essentiel, madame Goodman. Le comportement de Ice est irréprochable. Cette qualité a son revers. Votre fille est dangereusement portée à l'introversion.

— Pardon ?

— Elle éprouve d'énormes difficultés à communiquer, à s'exprimer. Cela m'inquiète. Je lui en ai parlé à maintes reprises. Il ne s'agit pas d'une rumeur propagée à l'extérieur de l'école, je vous assure. Pour dire les choses encore plus clairement, madame Goodman, votre fille est muette.

Mme Waite avait tourné vers moi ses yeux où se lisait une anxiété bien visible. Ayant révélé son principal sujet de préoccupation, elle attendait la réaction de ma mère.

— Une rumeur ? rétorqua celle-ci. (Son rire fusa, d'un geste, elle désigna la pièce où nous étions.) À l'extérieur de l'école, dites-vous ? Nous sommes à l'école, n'est-il pas vrai ? (Elle m'adressa un clin d'œil.) Ice, qu'en penses-tu ? Qu'attendez-vous de moi, madame Waite ? J'ai perdu le fil, j'en ai bien peur.

— Votre fille est muette, madame Goodman. Si cet état de choses devait se prolonger, il serait de mon devoir d'alerter le psychologue de l'établissement. (Après un bref temps d'arrêt, sur un ton rassurant, elle enchaîna :) L'examen auquel serait soumise cette petite pourrait avoir d'excellents résultats. Quand un enfant souffre de problèmes graves, nous devons tenter de l'en guérir.

— Un psychologue ? (La mimique de ma mère exprimait l'ennui, le scepticisme.) En somme, vous laissez entendre que ma fille ne tourne pas rond ?

— Ice vit repliée sur elle-même. Mutisme électif, c'est le terme médical servant à désigner ce mal.

Ma mère perdait pied ; son expression se fit songeuse.

— Électif. Vous faites allusion à un choix, comme on opterait pour tel ou tel candidat à des élections ?

— C'est cela. Ice a pris la décision de ne plus parler.

Maman fronça les sourcils, qu'elle avait fort minces ; deux arcs élégants, de l'épaisseur d'un trait de crayon. Une telle précision exigeait un entretien constant, une épilation quasi quotidienne. De la ligne des sourcils dépendait l'harmonie d'un visage, proclamait ma mère. Ces séances face au miroir revêtaient pour elle l'importance d'un rituel. Arès avoir allumé un bâtonnet d'encens sur sa table à maquillage, elle se mettait au travail au son d'un disque New Age. Parfois, elle se contentait de fredonner. Rien de tel que la musique planante pour détendre les muscles faciaux, affirmait l'esthéticienne du salon de beauté, à deux pas de la maison. Installée devant son miroir, maman scrutait son visage dans les moindres détails. Cet ovale encadré d'or était son autel.

— Son mutisme est délibéré, dites-vous ? Comment pouvez-vous en être aussi certaine ?

— Votre fille ne présente aucune déficience physique, madame, aucune malformation pouvant être à l'origine de troubles quelconques dans la fonction du langage. Le blocage, par conséquent, se situe ailleurs.

— Soyons claires, madame Waite. Pourquoi Ice aurait-elle un entretien avec votre psycho-machinchose ?

— Le médecin l'examinera, lui fera passer différents tests. Il sera en mesure d'évaluer la nature de ses difficultés d'expression. Sans doute pourra-t-il l'aider à sortir de sa coquille. (Cette fois, la voix de ma maîtresse se fit murmure.) Comment se comporte-t-elle à la maison ?

Maman me considéra un instant, l'air pensif.

— Nous n'avons pas à nous plaindre. (Puis toute sa personne parut se gonfler de méchanceté, on aurait dit un coq dressé sur ses ergots.) Il est dans son intérêt de se montrer obéissante, elle le sait. (Sur le même ton péremptoire, s'adressant à ma maîtresse :) Cette gamine parle quand elle en éprouve le besoin. Quand vient le moment de chanter, par exemple. Saviez-vous qu'elle était soliste dans la maîtrise de notre paroisse ? Avez-vous pris la peine de vous renseigner ? La plus belle voix de notre petit ensemble, le pasteur me l'a répété lui-même, maintes et maintes fois.

Mme Waite ouvrit de grands yeux.

— Pas possible. Je l'ignorais, en effet. (Elle me dévisagea comme si elle découvrait l'existence de Ice Goodman.) Votre fille chante ?

— Une voix d'ange, affirme notre cher pasteur. Un héritage de la branche maternelle, précisa ma mère avec fierté. Maman, déjà, chantait dans une chorale. Bien. Nous nous sommes tout dit, je crois.

À nouveau, elle se leva. Sa détermination, cette fois, était sans faille, rien ne la retiendrait plus dans cette salle de classe. Effarouché, le moineau s'envola.

— Ice.

La voix coupante de ma mère était pour moi une longue habitude. Elle ne m'avait jamais impressionnée. Je levai sur elle des yeux paisibles.

— À partir de maintenant, tu répondras aux questions de ta maîtresse, compris ? Tu parleras quand elle te le demandera. Compris ? Si je me fâche, tu sais ce qui t'attend.

Je la contemplai, pas émue le moins du monde.

— Regardez donc cette enfant ! s'exclama ma mère. A-t-elle peur ? Est-elle seulement inquiète, tourmentée ? Pas davantage. Comprenez-vous enfin d'où lui vient ce prénom ? Ce n'est pas du sang, c'est l'eau de la fonte des neiges qui coule dans ses veines. Ma fille est un vrai glaçon. Tout le contraire de sa génitrice. On peut lui flanquer une raclée. Pas une larme. Je ne me souviens pas de l'avoir entendue souvent pleurnicher quand elle était nourrisson. Ce prénom lui va comme un gant, quoi que vous en pensiez. (Coup d'œil sur sa montre.) Je file, je suis déjà en retard. Amène-toi, Ice.

J'étais déjà debout, prête à la suivre. Tout en gagnant la porte dans le sillage de ma mère, je me retournai pour déchiffrer le résultat de l'entretien sur le visage de Mme Waite. Celle-ci secouait la tête, accablée. Le mordillement exaspéré de la lèvre inférieure trahissait la colère et la frustration. De tous les parents d'élèves qu'elle eût jamais rencontrés, ma mère était sans conteste la pire.

Mon silence n'affectait pas mes résultats scolaires. J'étais une bonne élève, toujours bien notée. Je collectionnais les tableaux d'honneur. Quand venait l'épreuve de la récitation, je m'en acquittais avec réticence, mais du moins allais-je jusqu'au bout du minimum exigé. Je parlais d'une voix si basse qu'il fallait tendre l'oreille pour l'entendre. Mme Waite me reprochait mon absence d'initiative. Jamais on ne me voyait lever la main pour poser une question. Si j'étais prise d'un petit besoin, je ne demandais pas la permission de m'absenter. Je me levais et j'allais chercher la clé, en toute simplicité.

Dans son impatience à m'arracher quelques mots spontanés, Mme Waite me passait un savon.

— C'est très impoli, Ice. Une élève ne s'en va pas ainsi, sur la pointe des pieds.

Elle tenta une ruse, celle de cacher la clé afin de m'obliger à la lui réclamer. Peine perdue. Mme Waite dut se rendre à l'évidence : il m'était plus facile de me retenir que de poser la question. Cette souffrance me semblait préférable à l'autre. Quand elle vit combien cette situation m'était insupportable, quand elle me vit me tortiller sur ma chaise, elle me tendit la clé. Je me hâtai de la saisir et décampai.

Cette institutrice devait faire preuve de clairvoyance, s'agissant de ma réputation parmi la communauté de mes condisciples, plus impitoyables à mesure que nous avancions en âge. Une nouvelle année scolaire avait à peine commencé que ma répugnance à parler, lire ou réciter à haute et intelligible voix m'attirait curiosité et moqueries. Mon prénom fit le reste. Il y avait là matière suffisante pour m'attirer les lazzis de mes tourmenteurs.

— Elle s'appelle Ice car tous les mots sont gelés dans sa bouche.

Cette remarque, combien de fois ne l'ai-je pas entendue ?

Je venais d'entrer dans le secondaire. Plusieurs filles se firent fort de me faire parler pendant une minute entière. La scène se déroula dans le vestiaire, en l'absence de la surveillante retenue à l'infirmerie par une élève souffrante. La petite meute eut vite fait de m'enlever mon survêtement de gymnastique, et le reste. Maintenue assise sur le sol, j'entendis la menace avec épouvante. On jurait de me laisser toute nue si je refusais de parler pendant une minute, montre en main. Mes vêtements pendouillaient au-dessus de moi. Thelma Williams, l'instigatrice du complot, leva son poignet. Elle comptait les secondes sur sa montre.

— Parle ! clamaient-elles en chœur. Parle !

— Sinon, nous balancerons tes vêtements par la fenêtre et te pousserons dans le couloir telle que tu es.

— Parle !

J'avais beau hurler, me débattre, rien n'y fit. Elles n'avaient pas l'intention de me lâcher. La musique était mon seul trésor, j'y puisai l'inspiration. Elle assura ma délivrance.

Les yeux fermés, je chantai. J'entonnai un negro spiritual[1] parmi les plus anciens :

I'm gonna sing when the spirit says, « Sing ! »
I'm gonna sing when the spirit says, « Sing ! »
I'm gonna sing when the spirit says, « Sing ! »

---

1. Je chanterai quand l'esprit m'en donnera l'ordre, « Chante ! »
Je chanterai quand l'esprit m'en donnera l'ordre, « Chante ! »
Je chanterai quand l'esprit m'en donnera l'ordre, « Chante ! »
Alors je me soumettrai à la volonté du Seigneur !
Je prierai, je prierai toute la nuit,
Et tout le jour, sous le regard des anges, Seigneur.
Toute la nuit et le jour suivant, j'obéirai à la volonté du Seigneur !
À pleins poumons, je chanterai ses louanges
Quand l'Esprit-Saint me dira de crier, de crier, jusqu'à
Mon dernier souffle ! (N.d.T.)

And obey the spirit of the Lord!
I'm gonna pray, I'm gonna pray all night,
All day, all day and obey the spirit of the
Lord!
I'm gonna shout, shout, shout
When the spirit says « shout, shout, shout »

— Faites-la taire! s'exclama Thelma Williams.

Elle aussi faisait partie de la maîtrise et il lui était insupportable de m'entendre ainsi psalmodier l'un de nos hymnes avec ma « voix d'ange » qui s'entendait de loin. Cela fleurait le péché, en outre. Elle prit peur et plusieurs de ses complices n'étaient guère rassurées. On me lâcha en vitesse, mes vêtements tombèrent en pluie autour de moi.

— Elle est cinglée. Fichons le camp.

Les autres n'en demandaient pas plus. Elles s'égaillèrent. Je retrouvai la solitude et la tranquillité.

Au fil des ans, sans devenir un moulin à paroles comme la plupart des autres filles, je m'ouvris un peu sur les autres et sur le monde. Un jour, alors qu'un enseignant faisait une remarque au sujet de ma discrétion, un garçon du nom de Balwin Noble, si doué pour le piano qu'il accompagnait la chorale du collège, fit observer :

— Elle doit préserver ses cordes vocales pour les grandes occasions.

Je le dévisageai, intriguée. Pourquoi pas? Cette hypothèse en valait une autre.

Les calomnies, en général, bourdonnaient autour de moi, aussi vaines, aussi insignifiantes qu'un essaim de mouches. Certaines, à compter sur les doigts d'une main, évoluaient avec la grâce d'un oiseau. Celles-là seules méritaient d'être écoutées. Je n'éprouvais pas le besoin d'entendre à tort et à travers le son de ma propre voix; de même me semblait-il superflu de parler dans l'espoir de capter l'attention et de s'octroyer ainsi plus d'importance qu'on n'en méritait.

Le silence, bien sûr, est une arme à double tranchant. Rien de tel pour se rendre invisible, se faire oublier où on le désire, dans les circonstances souhaitées. Parfois, le seul fait d'attendre le moment opportun pour prendre la parole, le plaisir de retenir les mots que j'avais envie de prononcer jusqu'à la seconde favorable, conférait à mes propos une densité, un lustre particuliers. Je parlai peu, les professeurs et mes camarades m'écoutaient avec plus d'intérêt.

En fin de compte, la seconde prédiction faite par Mme Waite devint réalité. J'étais en quatrième. Je fus convoquée chez le psychologue de l'établissement, ainsi que mes parents. Ma mère fut priée de venir. Elle s'y refusait tout net et les choses en seraient restées là si le proviseur n'avait usé de toute son autorité pour l'y contraindre. Il s'ensuivit pour moi une demi-douzaine d'entretiens en tête à tête avec le psychologue. Il me posait des questions que je laissais sans réponse, ou auxquelles je répondais le plus simplement et brièvement possible.

Je n'étais pas sotte au point de ne pas deviner la théorie élaborée par le docteur Lisa, selon laquelle mon désir d'invisibilité trouvait sa source dans le refus de maman d'assumer une maternité dont ma présence était le rappel constant, insupportable. En toute sincérité, évoquant mes souvenirs de petite fille, je devais reconnaître qu'il m'était souvent arrivé, rencognée dans ma timidité, d'aspirer à la disparition, pffft ! comme par enchantement. Surtout lorsque ma mère prétendait devant ses nouvelles connaissances que je n'étais pas sa fille. Sa nièce, en réalité, l'enfant d'une sœur cadette un peu frivole, dont elle avait la garde pendant quelques années. D'ailleurs maman ne m'emmenait jamais nulle part. Papa se voyait souvent confier le rôle de nounou tandis qu'elle allait faire son shopping le samedi après-midi ou passer la soirée avec des amies, au café ou au cinéma.

D'une manière générale, on ne pouvait, nous concernant, parler d'une vie de famille. Les sorties communes étaient rarissimes. J'étais encore une fillette. Si papa proposait naïvement d'aller dîner tous les trois au restaurant, maman se récriait aussitôt :

— Tu parles d'une distraction que de se trimballer cette gosse ! Il faudra lui donner la becquée, une bouchée pour le Père Noël, une bouchée pour la Belle au Bois Dormant… Merci bien ! Appelons une baby-sitter.

N'importe qui faisait l'affaire. Ma mère se souciait comme d'une guigne de savoir si la jeune fille avait la moindre qualification, du moment qu'elle était assez grande pour m'emporter hors de l'appartement en cas d'incendie, assez futée pour composer un numéro de téléphone. Combien de fois n'ai-je pas été traînée dans ma chambre bien avant l'heure d'aller au lit tandis que la soi-disant baby-sitter s'installait dans le salon en compagnie d'une copine ou d'un amoureux ? À sept ans, j'ai assisté à des scènes de pelotage entre Nona Lester et son petit ami. Il lui palpait les seins, fourrait la main sous sa jupe, enchantés l'un et l'autre de se livrer à ces batifolages devant une gamine. Ils trouvaient ça drôle. Excitant, peut-être.

Ces expériences avaient-elles contribué à faire de moi une muette « élective » ?

Ces anecdotes, je n'en ai jamais fait allusion devant quiconque. Elles étaient assez tristes, assez grotesques, pour demeurer secrètes. Je les absorbais comme j'aurais fait d'une pilule amère, en espérant ne jamais les régurgiter. C'était trop demander, évidemment. Certaines visions empruntaient pour m'étreindre, énormes, persistantes, le sentier des rêves les plus noirs, les plus grinçants, ceux qui hantent les ténèbres avec tant de violence que, de soubresauts en contorsions, je finissais par m'éveiller, couverte de sueur, avec un cri de souris.

Quelquefois, papa m'entendait. Il venait s'assurer que tout allait bien, restait auprès de moi un moment.

Peu à peu, je glissais dans un sommeil plus calme. Pas une seule fois maman ne prit la peine de se lever.

Comment s'étonner, dans ces conditions, que j'eusse gardé pour moi ces vilaines confidences ?

Quelle importance, de toute façon ?

De quel poids pesaient un cri de souris, les paroles d'une enfant, d'une manière générale, la plupart des sons émis par un être humain ?

Le silence m'accueillait dans sa demeure aérienne. À mon tour, je lui faisais fête. Je le remerciais par mon mutisme.

Se taire, c'est comme de contraindre l'autre à baisser les yeux. L'effet produit est le même.

Refoulée, l'obscurité. La cavalcade des cauchemars s'évanouissait. Ma tête s'affaissait sur l'oreiller. Dans le calme revenu, mon souffle se faisait plus régulier. J'ouvrais mon esprit à tous les sortilèges de la musique. Les notes s'enflaient et se multipliaient. Sous mon crâne déferlaient tous les scintillements d'un orchestre symphonique. Ma voix se déployait.

Elle renvoyait dans le néant le tintamarre des hommes, les klaxons, vociférations, injures, hurlements de frayeur. Portée par la mélodie, je me libérais de la maigre réalité. Je m'élevais dans l'espace. Les notes tombaient en pluie d'argent sur le monde lointain.

La musique insuffle aux mots une part de poésie. Elle leur donne corps et âme. À quoi bon articuler des mots ordinaires ?

La vie, pensai-je, aurait dû avoir l'ivresse inspirée d'un drame lyrique. À la rigueur, elle pouvait ressembler à une comédie musicale, style *Le Fantôme de l'Opéra*, dans laquelle le chœur s'anime chaque fois que le héros ou l'héroïne se décide à parler.

Ma mère y tiendrait le rôle de la muette volontaire.

Ainsi que pour la plupart des gens de ma connaissance affligés par le malheur ou la méchanceté, le son de leur propre voix leur devient un véritable supplice.

Je suis folle de ma voix. Je l'aime.

Je la tiens en réserve. Pour le jour où elle s'envolera sur les ailes de la musique.

CHAPITRE I

STRATÉGIE MATERNELLE

Il m'arrivait souvent, trop souvent peut-être, de rester seule dans l'appartement. Tranquille, vigilante, je percevais les rumeurs venues des logements mitoyens. Les cloisons étaient minces, de toute façon ; les bruits circulaient aussi à travers la tuyauterie. C'est pourquoi cuisine et salle de bains constituaient les meilleurs lieux d'écoute.

Je plaquais mon oreille contre tel mur, tel autre. Puis je changeais de pièce et recommençais mon manège. Les bruits, naturellement, variaient selon les voisins espionnés. J'avais baptisé ces éclats de vie la symphonie du Bâtiment Éden. J'avais presque l'impression de me déplacer d'une station à une autre sur les longueurs d'onde de la radio.

Certaines familles vivaient en état de guerre permanent. Cris, plaintes, menaces étaient leur mode d'expression privilégié. D'autres parlaient sur un ton mesuré ; chez ceux-là, on riait parfois, et même on chantait. Souvent me parvenaient des sanglots, comme si quelqu'un était emmuré à vie. Je ne pouvais m'empêcher de songer à la nouvelle d'Edgar

Poe[1]. Faut-il le préciser ? la télévision était présente partout, ainsi que le hip-hop. Dans notre grand immeuble ne vivaient pas moins d'une demi-douzaine de familles de race blanche. Elles aimaient la même musique et s'engueulaient tout autant.

Personne n'était aussi attentif que moi à la symphonie du Bâtiment Éden. Absorbés par leur propre brouhaha, les autres occupants de l'immeuble restaient sourds aux échos venus des appartements adjacents. Il ne s'écoulait jamais plus d'une heure sans que le silence, chez eux, fût rompu d'une manière ou d'une autre. Le silence, je ne tardais pas à m'en rendre compte, effrayait la plupart des gens. Il engendrait le malaise. En classe, la punition la plus cruelle infligée à l'élève indiscipliné consistait à le tenir à l'écart, immobile et muet. Interdiction formelle de communiquer avec les autres. Le supplicié se livrait à toutes sortes de trémoussements et de grimaces, se demandant si une colonne d'araignées ne lui courait pas sur la peau. Quand retentissait la cloche libératrice, on assistait à une débandade, les élèves galopaient en tous sens et piaillaient. Je songeais à un lâcher de confetti. Quelques-uns se défoulaient de la torture imposée par cette petite heure de tranquillité en hurlant si fort que les veines saillaient sur leurs tempes.

Maman, à quoi bon le nier, présentait de nombreux points communs avec eux. Ses premières paroles, lorsqu'elle avait poussé la porte d'entrée, retentissaient, invariables : pourquoi personne n'a-t-il allumé la télévision ou la radio ? On se croirait dans une morgue !

Si l'après-midi s'était passé dans des conditions agréables, à écluser quelques cocktails en compagnie d'une amie, ma mère rentrait d'excellente humeur. Rieuse, elle esquissait des pas de danse et m'invitait à

---

1. La nouvelle en question porte en français le titre *L'Emmuré vivant*. *(N.d.T.)*

la rejoindre à la cuisine pour préparer le dîner. Il m'arrivait de regimber, ou de faire la moue à cette proposition. Le ton changeait. Un flot d'avertissements et de reproches mettait alors en péril la paix domestique. J'étais odieuse, un sale caractère hérité de mon père et de toute sa parenté.

— Ice, j'étais inspirée le jour où je t'ai choisi ce prénom, sale gamine. Jamais un sourire sur ce visage, sauf à l'église, où tu te décides à l'ouvrir pour t'égosiller. Continue comme ça et tu finiras dans un couvent. Ton corps inerte ne demande qu'à vibrer. Je t'ai transmis une silhouette que bien des filles envieraient. Remercie-moi au moins pour ça. Tu aurais pu ressembler à un ours, comme ton père. Sans moi, tu serais peut-être le sosie de Tania Gotchuck ou de quelque monstre du même acabit. Tu as mon nez, ma bouche, ton corps se développe avec tous les avantages dont la nature m'a dotée.

Les mains sur les hanches, elle virevoltait, comme prise dans le jeu d'une douzaine de miroirs disposés en cercle.

Moi, folle de ma voix. Maman, folle de son corps.

Tout objet un tant soi peu brillant lui était bon pour capter son image. Un verre, posé sur la table, un saladier ou un vase en argent. Son regard accrochait là quelque chose, sa main rectifiait une mèche de cheveux, effleurait sa paupière. La vieillesse me veut, elle m'aura, déclarait-elle avec une gravité soudaine. Faux. Jusqu'à présent, ma mère s'y entendait pour faire reculer des ans l'irréparable outrage. La perspective d'un cheveu blanc, d'une ride, la plongeait dans un tel abîme de détresse que l'illusion d'une imperfection physique suffisait à provoquer en elle le déclic de l'épouvante. Sa voix se brisait, la terreur se ranimait dans ses yeux.

— Cette obsession de toi-même et de ton apparence serait moins angoissante si nous avions un autre enfant, murmurait mon père, toujours à côté de la plaque. Il te fournirait un nouveau sujet de préoccupation, plus essentiel.

Autant agiter un chiffon rouge devant un taureau emballé. C'était ainsi, cependant. D'aussi loin qu'il m'en souvienne, sans se soucier des états d'âme de sa jeune épouse, papa déballait ce qu'il avait sur le cœur. Depuis toujours, il avait souhaité avoir d'autres enfants. Un fils aurait comblé ses vœux. Maman ne voulait pas entendre parler d'une seconde grossesse. La première avait modifié son tour de hanches de deux centimètres. Une autre expérience et c'en serait fini de son sex-appeal. Que lui resterait-il ? Elle deviendrait semblable à ces matrones qui trimballent, accrochés à leur jupe, une ribambelle de gamins morveux dont le monde aurait volontiers fait l'économie et que leur propre famille était incapable d'élever.

Très peu pour moi, merci. Ice suffit à mon bonheur. Je préfère, mille fois, rester séduisante plutôt que d'accoucher d'enfants inutiles. Toi, mon mari, tu devrais être le premier à comprendre ce point de vue. N'es-tu pas flatté d'avoir une jolie femme ?

— Est-ce là tout ce qui t'intéresse, Lena ? Attirer sur toi l'attention des hommes. Être le point de mire de regards concupiscents ?

En tout bien tout honneur, aurait-il pu ajouter. D'ailleurs ses remarques étaient faites sur un ton paisible, on ne décelait dans sa voix nulle accusation implicite. Maman montait sur ses grands chevaux. Il n'avait qu'une idée en tête, transformer sa compagne en une créature difforme que plus personne ne convoiterait.

— Il n'y a pas si longtemps, tu étais fier de m'avoir à ton bras, Cameron Goodman. Fier comme Artaban, tu m'exhibais devant tes amis, tes collègues. Du coin de l'œil, tu surveillais l'effet produit. Tu arborais ta femme comme un signe extérieur de réussite. J'étais pour toi un objet de prestige, je rehaussais ton standing. J'ai joué le jeu, n'est-ce pas ? Me suis-je jamais plainte d'être traitée comme une vulgaire poulette ?

Mon père prenait le ciel à témoin de tant d'injustice, il levait des mains énormes, semblables à des régimes de bananes. Il semblait demander l'aumône d'un peu d'amour et d'affection. Ma mère, à sa façon, ne faisait pas autre chose. Entre eux, le malentendu était total.

— Je ne me plains pas, Lena. La situation a changé, voilà tout. Je gagne bien ma vie, nous avons un appartement convenable, une fille. Le temps est venu de se montrer plus amitieux. Nous pouvons nous permettre de fonder une vraie famille. Je ne parle pas d'une ménagerie. Un deuxième enfant comblerait mes désirs, même une fille.

Maman soupirait à fendre l'âme.

— Tu te fais des illusions, Cameron. Un gosse coûte cher, très cher. Pour la énième fois, si nous voulons continuer à mener une existence un tant soi peu décente, ce n'est pas avec ton salaire que nous pouvons nous offrir une quatrième bouche à nourrir.

Cette sentence prononcée, ma mère se saisissait d'un prétexte quelconque, de quelque tâche domestique, pour se soustraire à une discussion qu'elle n'entendait pas poursuivre.

Sa mauvaise foi était patente. L'argument invoqué, de nature financière, ne tenait pas la route une seconde. Mon père gagnait assez d'argent pour entretenir deux enfants. Le travail ne lui faisait pas peur, il avait toujours bien mené sa barque. À présent chef du service sécurité de Cobbler's Market, un grand magasin de la Neuvième Rue, son avenir était assuré. Après avoir effectué son service dans la police militaire, rendu à la vie civile, il avait occupé différents postes de vigile avant de prendre du galon et de trouver un emploi stable, bien rémunéré.

Sa très haute taille, sa carrure colossale impressionnaient en sa faveur, bien sûr. Mais la force physique n'était pas tout. Le métier exigeait sang-froid, pondération, doigté. Mon père était l'homme de la situation. Ses subordonnés avaient confiance en lui. Je savais, pour l'avoir constaté chaque jour, mon père capable de faire preuve d'un calme, d'une patience illimités. Sans ces qualités exceptionnelles, le mariage de mes parents aurait fait long feu. Aucun homme normalement constitué n'aurait supporté longtemps l'égocentrisme, les lubies d'une telle épouse, si affriolante fût-elle. C'était alors mon point de vue. Il a quelque peu évolué depuis. Répliquer pour de bon, remettre maman à sa place, lui clouer le bec, c'eût été déclencher une fureur qu'il n'aurait pas été en mesure de contrôler. Celle de sa femme, et la sienne. Mon père avait conscience de l'extrême violence qu'il se faisait parfois pour garder la tête froide et le cœur coi. Il avait peur, peur de lui-même.

Ma mère, face à lui, n'éprouvait aucune crainte. Son innocence me stupéfiait. Jamais je ne l'avais vue hésiter, reculer, alors qu'elle s'avançait sur une fine couche de glace. Elle lui jetait des objets à la figure, le bousculait. À l'occasion, elle lui flanquait des coups de pied. Il restait droit comme un chêne, inamovible, invulnérable. Cette puissance contre laquelle sa hargne s'acharnait en vain exaspérait ma mère. Les crises s'achevaient toutes de la même façon, par la retraite sans gloire d'une femme épuisée, rongée par la rancœur, l'amertume, la jalousie.

— Physiquement tu tiens de moi, aucun doute, mais pour le reste, cette personnalité aussi chaleureuse qu'un iceberg, c'est ton père tout craché.

Son index droit, filiforme, se braquait sur moi comme savent si bien le faire les procureurs. De son point de vue, rester sur son quant-à-soi, dissimuler ses émotions, c'était se rendre coupable d'un crime envers le genre humain.

— La glace que charrient tes veines n'a pas d'autre origine, enchaînait-elle. Le coupable, c'est lui. Moi, je n'y suis pour rien. Mon tempérament volcanique n'en fait pas mystère. Les hommes fondent quand ils me regardent dans les yeux.

Elle attendait de moi un sourire, un acquiescement, une expression d'envie, je ne sais quoi, rien que je fusse en mesure ou eusse envie de lui offrir. Une fois de plus, sa fille décevait ses espoirs. Une fois de plus, je lui donnais une raison de me détester.

Elle me dévisageait, le regard brusquement inquisiteur.

— Qu'est-ce que tu mijotes, petite ? Tu te crois supérieure à l'humanité entière ?

Je secouais la tête avec véhémence. Non. Jamais de la vie.

— Le cas échéant, ce n'est pas ma faute, le ciel m'en soit témoin. Je ne t'ai jamais encouragée à te hausser du col, que je sache ? Mes compliments t'auraient-ils fait enfler la tête au point de ne plus pouvoir passer la porte ?

Elle ne me lâcherait pas avant d'avoir obtenu une réaction. Ce poing piqué au creux de la hanche ne me disait rien qui vaille.

— Non, maman. Tu ne m'as jamais accablée sous les compliments.

— Non, maman, fit-elle en écho moqueur. Quand tu n'es pas au collège, tu chantes dans cette fichue chorale, ton unique distraction. D'où vient ce comportement bizarre ? Tu te prends pour un phénomène ? Où sont tes copines, tes copains ? Quand j'avais ton âge, mon père a dû faire blinder notre porte pour empêcher les garçons de l'enfoncer. À dix-sept ans, tu n'es pas capable de te trouver un seul petit ami. Jamais le moindre coup de fil.

Cette fois, je ne pus m'empêcher de sourire. Toutes les filles de ma classe se plaignaient des remontrances constantes et contraires de leurs parents. N'as-tu rien de mieux à faire que de rester pendue au téléphone ? À quelle heure es-tu rentrée hier soir ? Je ne veux plus te voir en compagnie de ce type. Il a mauvais genre. Etc.

— Aurais-tu honte de notre logis, honte de tes parents ? Est-ce là la vraie raison de ton silence ? Ton père et ta mère ne sont pas dignes de t'entendre ?

À nouveau, je fis non de la tête. Non et non.

— Il n'est rien de pire qu'une petite snob. Pire même que les allumeuses ou les cervelles d'oiseau. Serais-tu snob, Ice ? Est-ce l'avis de tes camarades de collège ? Ta jolie voix te permet de toiser les humbles mortels, tu t'es fourré cette sottise dans la tête ? « Voix d'ange » perdrait son temps à frayer avec la canaille ? Ai-je mis dans le mille ? Tu planes au-dessus de la mêlée ? Tu nous regardes de toute ta hauteur ? Vas-tu te décider à répondre, nom d'une pipe ?

— Maman, je ne suis ni snob, ni prétentieuse, ni rien de tel. Pourquoi aurais-je honte de mes parents ? C'est absurde. Il n'en est rien, je le jure.

Au bord des cils brûlait la menace des larmes, les premières que ma mère aurait vues couler depuis ma tendre enfance. Ridicule instant de défaillance. Je le surmontai très vite.

Elle haussa les sourcils, toute surprise d'avoir obtenu de sa fille une réponse si longue, donnée sur un ton si catégorique.

— Bien. Dans ce cas, qu'est-ce qui te turlupine ? D'où vient cette réputation justifiée de silence et d'indifférence à l'égard des autres ? Nos voisins, par exemple, te saluent. « Bonjour », disent-ils. Tu leur réponds par un simple hochement de tête. Ils demandent de nos nouvelles. Sans répondre, tu te contentes d'un sourire. Ces gens s'étonnent, ils ne savent que penser. Résultat, tout l'immeuble t'a prise en grippe. Cette mauvaise opinion rejaillit sur nous. Certains ne se gênent pas pour me dire en face ce qu'ils pensent de toi. Ils y prennent un malin plaisir, on dirait. La vérité, Ice, c'est que tu inspires l'antipathie. Voilà sans doute pourquoi tu n'as ni amie intime ni le moindre copain pendu à tes basques. (Ma mère hocha la tête.) Les garçons ne perdent pas leur temps avec une fille qui réagit comme un glaçon.

« Tu n'es pas vilaine, loin de là. Je t'aurais au moins rendu ce service. Qu'est-ce qui cloche, en fin de compte ? Serais-tu timide, par hasard ? Cette Mme Waite, ton professeur, cette demi-portion qui prétendait me retourner sur le gril, avait-elle vu juste ?

Ma mère s'était rapprochée de moi. À moins d'un mètre, impossible d'échapper à son haleine, parfumée au whiskey. Elle me donna une bourrade sur l'épaule.

— Réponds, tête de mule ! Tu te sens mal dans ta peau ? Tu manques de confiance en toi, les moqueries des autres te font peur ?

Nouvelle bourrade, plus violente, très précisément calculée pour m'atteindre au même endroit.

Je plaquai la main sur mon épaule et la serrai très fort. Pas de larmes, surtout.

— Je veux savoir ! cria-t-elle.

— En ce qui concerne les garçons, c'est très simple, répondis-je posément. Jusqu'à présent, je n'ai trouvé personne à mon goût.

Argument sensé. Il donnait à réfléchir. Ma mère prit le temps de la réflexion.

— Ice, une jeune fille n'est pas obligée de considérer le type avec lequel elle va danser le samedi soir comme l'homme de sa vie. N'as-tu pas envie de prendre le temps de rire, de plaisanter avec des gens de ton âge ?

Pas de réponse.

— Tu es timide, décida-t-elle. Encore l'héritage paternel. Il était si complexé que j'ai dû prendre l'initiative de notre premier baiser. Incroyable, mais vrai. Ce géant, cette montagne de muscles n'osait pas embrasser une fille. J'aurais pu le renverser d'une pichenette. (Un sourire d'une étrange douceur posa sur son visage une lumière que je ne connaissais pas.) C'est ainsi. La plupart des hommes perdent leurs moyens en face de moi. Il ne tient qu'à toi d'acquérir ce pouvoir. Suis mes conseils, ils te mangeront dans la main. Un soupçon de rouge à lèvres, ce n'est pas un péché, tout de même ! Qu'attends-tu pour épiler tes sourcils comme je t'ai appris à le faire ?

À dix-sept ans, maman avait passé six mois dans une école d'esthéticienne. Ce stage de formation fut sa seule vraie tentative de trouver une situation stable. Échec. Il lui manquait le sens des responsabilités, l'autodiscipline nécessaires pour mener l'apprentissage à son terme. Levée du pied gauche, elle décidait de sécher les cours. En milieu d'année, on lui signifia son renvoi. Dommage, ce métier lui aurait convenu. Impossible d'en douter quand on voyait le profit tiré de sa brève expérience.

Son index courut le long de mon sourcil.

— L'arc, c'est là tout le secret d'un visage équilibré. Le point supérieur de la courbe doit se situer à la perpendiculaire de l'iris. Un sourcil bien dessiné agrandit l'œil. L'épilation n'est pas une opération très douloureuse. Pourquoi aurais-tu peur pour si peu ?

— Je n'ai pas peur, assurai-je.

— Fais ce que je te dis. Épile par en dessous, toujours. Interdiction de toucher à la ligne supérieure. Après la douche, de préférence. La peau est souple, cela fait moins mal. D'ailleurs, ne faut-il pas savoir souffrir un peu pour être belle ?

Je baissai les yeux.

De toutes mes forces, j'espérais qu'elle changerait de sujet, comme à l'accoutumée, pour enchaîner sur un autre motif de récrimination, l'exiguïté de l'appartement, le salaire médiocre de papa, qui lui interdisait de s'acheter une nouvelle robe. Ces harangues s'achevaient le plus souvent par une menace : dès demain, je me mets à la recherche d'un boulot.

Encore fallait-il trouver le temps d'éplucher les petites annonces et de faire la tournée des agences.

Quand elle ne s'occupait pas de sa petite personne (peau, cheveux, massages faciaux, exercices de musculation...), ma mère déjeunait avec ses amies. Repas bien arrosés qui s'achevaient dans le courant de l'après-midi. Ses retours emplissaient la maison de bruits, d'effluves de tabac et d'alcool.

Je lui demandai un jour pourquoi, si soucieuse de son apparence, elle persistait à boire et à fumer. Après avoir rempli un verre d'eau, maman l'envoya valser au milieu de la cuisine. Sale petite bigote ! lança-t-elle. Et de mettre sa fille au défi de la retirer de la chorale scolaire et de lui interdire l'accès de notre église.

— Tes uniques centres d'intérêt ! Même les oiseaux ne se contentent pas de chanter. Ils forniquent, bâtissent des nids, parlent, nourrissent leurs enfants. Que fais-tu d'autre ?

J'étudie, aurais-je pu répondre, comme tous les adolescents. Je fais le ménage de ma chambre et je t'aide à la cuisine aussi souvent que possible.

En réalité, il n'était pas rare qu'un élève remarqué pour ses qualités vocales dans l'une ou l'autre formation décroche une bourse. De même étions-nous souvent conviés à donner l'aubade au cours de cérémonies officielles ou de ventes de charité, autant d'occasions d'être distingués. Ma mère n'en avait cure, elle s'intéressait si peu à l'avenir de sa fille.

— Tu finiras dans la peau d'une punaise de sacristie, grasse et la tête farcie de tartufferies. Tu n'auras jamais goûté à la vraie vie. Tu n'auras jamais éprouvé, pas une seule fois, le besoin d'éclater de rire.

Une fois lancée, ma mère devenait intarissable comme si le sujet, obéissant au principe d'autonomie, sécrétait son propre développement. Autant essayer d'arrêter une guimbarde sans freins, en train de dévaler un versant à pic.

— Ma mère te ressemblait. Quel soulagement, de pouvoir fuir la prison familiale quand ton père est entré dans ma vie ! Je me suis retrouvée enceinte, la solution idéale, c'est du moins ce que j'ai pensé sur le moment, poursuivit-elle sans la moindre vergogne.

D'autres mères auraient eu à cœur de dissimuler à leur enfant que sa naissance avait été le fruit du hasard. Moi, on ne m'avait pas désirée, j'étais arrivée à point nommé pour délivrer ma mère des griffes parentales. Selon son humeur, papa jouait tantôt le rôle de séducteur, tantôt celui de la planche de salut, ultime ressource pour s'échapper d'un foyer étouffant. Dans un cas comme dans l'autre, cette grossesse avait porté un coup fatal à sa jeunesse, à sa beauté. L'irruption d'un marmot dans sa jeune vie ressemblait à un cataclysme. À son âge, qu'avait-elle à faire des couches-culottes et des biberons ?

— Si tu prenais soin de toi, si tu te montrais plus coquette, les garçons rechercheraient ta compagnie. Ils t'emmèneraient au cinéma, ils t'emmèneraient danser. Avec cette allure négligée, ce visage buté, tu n'as aucune chance de les intéresser, à moins d'avoir la réputation d'être une fille facile.

Dans son imagination survoltée s'enclenchait l'engrenage du pire. En désespoir de cause, sa fille menacée par la débauche. Les images surgissaient : Ice, en train d'attendre le client au coin d'une rue louche ; Ice, renversée sur la banquette arrière d'une voiture.

— Si j'apprends que tu te comportes en gourgandine, sous tes allures de sainte-nitouche, je te flanque à la porte. Personne ne dira jamais que j'ai engendré une perverse !

Je la dévisageai comme je l'aurais fait d'une personne bonne pour la camisole.

— Inutile de le prendre sur ce ton ! rétorqua-t-elle. De nos jours, il suffit d'un rien pour entraîner une gamine honnête sur la pente du vice. La preuve, Edith Merton. Elle pourrait aussi bien mettre une enseigne sur sa porte. (D'un geste brusque, elle montra celle de notre appartement.) Tout le monde est au courant.

Ses parents mériteraient que l'on fasse circuler une pétition pour exiger leur départ.

Les Merton habitaient à l'autre extrémité du couloir. Employé municipal, le père était conducteur d'autobus. La mère travaillait dans une teinturerie. Les problèmes d'Edith avaient une double origine. À treize ans, la pauvre était déjà affligée d'une poitrine de nourrice. D'autre part, débordés de travail, M. et Mme Merton n'avaient pas un instant à consacrer à l'éducation de leur fille, trop souvent livrée à elle-même. Encore une qui n'aurait jamais dû voir le jour, selon ma mère.

Ses obsessions esthétiques présentaient au moins un avantage, j'essayais de m'en convaincre. Sa hantise des microbes et de la maladie, surtout des maladies susceptibles d'entraîner une dégradation physique, teint brouillé, chute de cheveux, etc. Il m'était strictement interdit de pénétrer chez les Merton. Inversement, je n'avais pas le droit d'inviter Edith à la maison. Maman la considérait comme une source de contamination ambulante. La moindre pustule apparue sur son visage était signalée comme la preuve qu'elle était atteinte d'une maladie sexuellement transmissible.

Conséquence de ce que l'on pourrait appeler une phobie permanente de la saleté, maman exigeait de vivre dans une demeure immaculée. Son unique travail consistait à veiller à la propreté de l'appartement et de notre garde-robe. J'étais conviée à mettre la main à la pâte, cela va de soi. Je m'exécutais sans broncher, d'autant plus volontiers qu'en dehors des répétitions, concerts proprement dits, devoirs du soir, je disposais de longues tranches de temps disponible.

Peu après notre dernière conversation (si l'on peut employer ce mot dans la mesure où la même personne avait fait les demandes et les réponses) au sujet de ma vie sociale anémique, maman en vint à la conclusion que sa propre réputation pâtissait des rumeurs de sauvagerie qui couraient sur mon compte.

— Je rencontre mes amies, commença-t-elle. Nous bavardons de choses et d'autres. Immanquablement, les aventures sentimentales de leurs enfants arrivent sur le tapis. Toutes ces personnes ont des filles de ton âge sur lesquelles elles ne tarissent pas d'éloges. Élégantes, parfumées, ravissantes, convoitées par une meute de garçons. J'écoute, bouche cousue. J'ai des sueurs froides à l'idée que l'on puisse m'interroger sur toi. Ce qu'elles évitent de faire en général, dans un esprit charitable. Les regards discrets jetés dans ma direction sont assez éloquents. Pauvre Lena, disent-ils, sa fille est un tel boulet ! Comment dois-je le prendre, Ice ? Leurs sourires de condescendance me font-ils plaisir ?

Résignée à mon silence, elle poursuivit aussitôt.

— J'ai l'impression d'avoir donné le jour à quelque attardée mentale, incapable de franchir les vingt mètres qui séparent notre immeuble du premier salon de coiffure, incapable de contempler son reflet dans le miroir et de s'interroger sur l'effet produit vis-à-vis d'autrui par ce visage éternellement fermé. La lecture, quelquefois, et le chant comblent ton existence. Sans doute as-tu l'impression d'être en ligne directe avec le ciel ? Balivernes ! Une fille de ton âge devrait avoir d'autres préoccupations, sans perdre de vue ses études. Or tu ne fais aucun effort pour te conformer aux façons de vivre normales. Tes excentricités commencent à me peser et j'ai l'intention de remédier à cet état de choses.

Ma mère mijotait un projet depuis quelque temps, mais quoi ? Quelle décision catastrophique pouvait-elle prendre ? Mes yeux se ranimèrent sous l'effet d'une vague curiosité. Elle le vit, me gratifia d'un sourire goguenard.

— Ma petite, tu as besoin qu'on te mette le pied à l'étrier. Une impulsion favorable te fera le plus grand bien, même ton père le reconnaît.

Je n'en croyais rien

Sans doute l'avait-elle accueilli par l'une des tirades incendiaires dont elle avait le secret alors qu'il rentrait, épuisé, au terme d'une journée de travail interminable. Dans ces cas-là, papa n'était plus en état d'offrir la moindre résistance. Il se contentait d'opiner tout en écoutant d'une oreille distraite. Le lendemain, il ne savait plus de quoi il avait été question. Oubliée, l'algarade de la veille.

J'espérais, du moins, que mon père ne s'était pas rangé dans le camp de mes ennemis. J'avais confiance en lui. Jamais il n'avait critiqué mon laconisme, ma réserve, mon esprit casanier. Au contraire, nous appréciions tous deux la paix qui régnait dans la maison en l'absence de maman et de ses jérémiades. Le plus souvent, assis dans le salon, nous lisions, nous écoutions ses disques de jazz. Nous parlions peu ; nos silences en disaient plus long que bien des discours inutiles. Ils scellaient entre nous une intimité précieuse.

— Écoute ce solo de trompette, disait-il parfois.

Je posais mon livre. Les yeux clos, j'écoutais. Puis je le regardais, souriante. Il éprouvait de l'amour pour cette musique, je savais pourquoi. C'était là l'essentiel.

Au cours des années, il avait accumulé une belle collection : Armstrong, bien sûr, mais aussi Lionel Hampton, Miles Davis, Sonny Rollins, Art Blakey à la batterie, Charles Mingus, Ornette Coleman ; sans oublier les grandes stars du chant, Carmen McRae, Ella Fitzgerald, Billie Holiday… Après avoir entendu Carmen McRae chanter *Bye Bye Blackbird*, je tentai de l'imiter. Il était aux anges. Ma grande réussite, affirmait-il, restait *Lullaby of Birdland*, dans la foulée d'Ella Fitzgerald. Le visage plein de rêves, papa donnait le rythme, je chantais. Si maman se trouvait là, elle continuait de feuilleter sa revue « féminine », tout en me jetant de brefs coups d'œil. Je la sentais tiraillée entre un semblant d'admiration et la tentation de pester à nouveau contre ma présence à la maison, un samedi soir, entre « papa maman ». Sans oublier mon mépris affiché pour les musiques appréciées de tous les adolescents.

— Cameron, grommelait-elle, tu l'encourages à se distinguer des autres jeunes. Le jazz est beau, il est grand, mais il a fait son temps. Surtout celui que tu écoutes. Car le jazz lui-même a évolué à ton insu, comme le reste. Le funkie, le free, en as-tu jamais entendu parler ? Pas assez classique pour Cameron Goodman, pas assez pur ! Je comprends ta haine de la techno et du hip-hop.

J'en restais toute déconcertée. De temps à autre, au détour d'une diatribe, ma mère laissait entrevoir un aperçu de la femme qu'elle aurait pu être si... Si quoi ? Si elle avait épousé l'homme adapté à ses aspirations ? Cette pensée déprimante me venait parfois, je la chassais aussitôt. La forte personnalité de mon père, sa supériorité intellectuelle ne faisaient aucun doute à mes yeux. À tous points de vue, il représentait l'homme idéal. Tout en reconnaissant à ma mère, outre sa beauté, d'indéniables qualités de maîtresse de maison, une force de caractère souvent mal employée, je n'imaginais pas qu'elle pût souhaiter un autre compagnon.

Je regardais mon père. Était-il aussi surpris que moi ? Il n'en laissait rien paraître.

— Le jazz est irremplaçable, tu le sais aussi bien que moi, répliquait-il. Notre fille est musicienne, elle apprécie ce qui en vaut la peine. Où est le mal ?

— Où est le mal ? singeait ma mère en adoptant la grosse voix paternelle. Sans doute, mais il n'y a pas de mal non plus à se retrouver dans une boîte pour danser entre copains plutôt que de rester chez soi à prendre des mines extatiques parce que tu joues au tam-tam sur l'accoudoir de ton fauteuil.

Le samedi soir, il leur arrivait de sortir. Pour ma mère, ces escapades conjugales devenaient un nouveau sujet de plainte. Son mari insistait pour la traîner dans des lieux sinistres fréquentés par une clientèle trop âgée, trop bourgeoise, dépassée par les événements.

— Tu n'es pas branché pour deux sous, s'écriait-elle. Le monde a changé sans que tu t'en aperçoives.

Papa ne prenait pas la peine de répondre. Il mettait un autre disque ; le jazz l'enveloppait, il se retranchait derrière le déchaînement splendide de Miles Davis. Entre lui et sa femme tombait un rideau de fer. Attentive au tempo, au rythme, je fredonnais, j'apprenais. Ma mère se retirait dans sa chambre, elle allumait le poste de télévision en ayant soin de hausser le son. Ces nuits-là, le silence épouvanté s'enfuyait par la fenêtre. Tout l'immeuble profitait des discordances familiales.

En fin de compte, maman décida de passer à l'acte. Elle allait mettre à exécution sa menace de prendre en main le destin de sa fille. Une petite impulsion allait faire de moi une adolescente moderne, la fille délurée (tout en restant vertueuse) dont elle avait besoin pour se sentir à l'aise face à ses amies. En fait d'impulsion, maman se proposait de m'administrer un bon coup de pied dans le postérieur.

En cet après-midi mémorable, allongée sur mon lit, je révisais ma leçon de maths du lendemain. Ma mère entra sans frapper, selon sa mauvaise habitude.

— Remercie ta bonne étoile, Ice. Je t'ai décroché un rendez-vous avec un jeune homme irrésistible.

Je lui fis face, interloquée.

— Tu as fait quoi ?

— Samedi prochain. Tu vas enfin passer une soirée agréable. Nous avons juste le temps de faire quelques boutiques pour te trouver une robe convenable. Ensuite, je m'occuperai de tes cheveux, je te donnerai ta première leçon de maquillage. Il n'est que temps. Quand tu sors avec quelqu'un, tu représentes ta mère, tiens-toi-le pour dit. Les gens diront : Voici la fille de Lena Goodman ; je l'aurais reconnue n'importe où. Un beau brin de fille comme ça ne peut être que celle de Lena.

Mon cœur battait comme une cloche à la volée.

— Quel rendez-vous ? demandai-je.

— Le mot est désuet, je le reconnais. Aujourd'hui, on « sort avec untel », c'est bien ça ? (Elle fit la moue, hocha la tête.) Pour moi, le rendez-vous du samedi soir, c'est se retrouver dans une boîte sympathique en compagnie d'un joli garçon. Il vient vous chercher en voiture et sort l'argent de sa poche. De ce point de vue, rien n'a changé, que je sache.

Je m'étais redressée.

— Quel garçon ? Qui est-ce ?

— Le frère cadet de Louella Carter. Il est en permission pour le week-end et nous sommes convenues que vous passeriez ensemble la soirée du samedi. Il est très bien de sa personne. Considérant le fait qu'il suit un entraînement militaire et se destine à porter l'uniforme, il doit être discipliné et rompu aux bonnes manières. Je lui ai parlé au téléphone. « Oui, madame. Non, madame. Merci, madame. » Une politesse exquise… à se demander s'il sait dire autre chose. En compagnie d'une jeune fille, il se montrera plus spontané.

— Maman, comment pourrais-je sortir avec quelqu'un que je n'ai jamais rencontré ? Il n'en est pas question !

— C'est ce que nous verrons. Cela s'appelle un rendez-vous surprise et c'est souvent la meilleure façon de faire connaissance. Avec ton nez fourré dans les bouquins ou les disques paternels, tu donnes l'impression de tomber de la lune. Tout de même, tu as dû entendre parler de ces rencontres inopinées, organisées par les amis ou les parents ?

— Je déteste les rendez-vous surprises, affirmai-je dans un murmure.

Ma mère n'allait pas se laisser impressionner pour si peu.

— Comment le sais-tu ? se récria-t-elle. Surprise ou non, ce rendez-vous sera le premier de toute ton existence. Je me suis donné un mal de chien. J'ai passé en revue une bonne douzaine de candidats avant de fixer mon choix sur celui-ci. Louella est une excellente amie, elle se porte garante de la moralité de son petit frère. Un gamin qui envisage de faire carrière dans l'armée ne devrait pas être le dernier des dévergondés prêts à tirer profit de l'innocence d'une bécasse. Attention, sans doute tentera-t-il un rapprochement. Il voudra t'embrasser, ce genre de préliminaires. Naturellement, tu es assez grande pour savoir jusqu'où il faut aller.

Après un instant de réflexion, elle fut prise de doute.

— Tu le sais ? Au collège, on vous enseigne la réalité de l'existence, j'imagine ? Les filles bavardent entre elles, on apprend vite.

J'acquiesçai.

— Parfait. Tout est réglé.

— Rien n'est réglé, maman.

Son regard flamboya. Ses poings se fermèrent.

— Détrompe-toi. Tu te feras belle, ce garçon viendra te chercher et, que tu le veuilles ou non, tu passeras une soirée normale. Que tu le veuilles ou non, tu danseras, tu prendras du bon temps, tu parleras et je veux t'entendre rire ! Pour une fois, je serai fière de ma fille. Samedi prochain, au lieu de rester claquemurée dans ta chambre, tu verras le monde tel qu'il est. Libre à toi de le haïr une fois que tu en auras fait l'expérience. Jusqu'à présent, tu n'as rien eu à lui opposer que des chimères.

— Maman...

— Rien du tout ! Je te demande de faire l'effort de ressembler à tes camarades. Fais-le pour moi.

L'instant d'avant, Gorgone s'avançait, un cataclysme était à craindre. Le ton s'était brusquement radouci ; sur le visage de ma mère se lisait une expression inconnue : la prière. Il lui en coûtait infiniment de reconnaître cette vérité humiliante. Pour la première fois de sa vie, maman quémandait, elle me demandait une faveur.

Je la dévisageai longuement. Quand tout fut clair entre nous, je baissai la tête.

— Entendu.

— Enfin ! Une parole raisonnable. Dimanche matin, tu me remercieras, j'en suis sûre. Du moins ta mère est-elle assez compétente dans certains domaines. Je ferai de toi la fille la plus belle pour aller danser. Les autres doivent s'en remettre à leurs goûts incertains, elles potassent les revues, demandent l'avis de leurs soi-disant copines qui leur donnent en toute hypocrisie les plus mauvais conseils. Le résultat est toujours catastrophique. Je suis là ; je t'aiderai à franchir le premier pas. Commençons par le principal, une bonne coupe de cheveux.

J'étais indignée.

— Me couper les cheveux ? Faut-il en passer par là ?

— Naturellement. D'ailleurs tu en meurs d'envie, sans le savoir. Une fois que Dawn se sera mise au travail sur ta crinière, tu te féliciteras de la métamorphose.

Je n'avais pas le choix, c'était un ordre. D'une main experte, elle palpa mes cheveux.

— Ils sont ternes. Ils sont rêches. Il leur manque la souplesse, la brillance. Les hommes sont exigeants, ils veulent avoir de la soie sous les doigts. Toute cette masse a besoin d'être soignée, revitalisée. Ta négligence est une insulte aux qualités dont la nature t'a gratifiée. Depuis des mois, j'essaie de te convaincre de la nécessité d'une révolution esthétique. Le reste suivra. Une occasion s'offre à toi. Saisis-la.

« Ensuite, nous nous mettrons en quête d'une toilette. Autant profiter des rabais dont ton père bénéficie sur son lieu de travail. Il te faudra aussi une paire d'escarpins.

— Maman, je veux bien soigner mes cheveux mais pas de coupe, je t'en prie.

— Ils repousseront, nigaude. Cette coupe leur fera le plus grand bien. Le rendez-vous est déjà pris ; demain, à neuf heures.

— Je suis au collège !

— Exceptionnellement, tu feras l'école buissonnière.

— C'est très grave, tu le sais…

— Ice, tu n'as jamais manqué une heure de cours, contrairement à toutes tes camarades que je vois traîner au lieu d'être en classe. Je téléphonerai au proviseur, bien sûr. J'inventerai une excuse. Tu peux te faire porter pâle un jour, que je sache. Personne ne viendra vérifier si tu es vraiment au fond de ton lit. D'ailleurs, ton absence sera justifiée, à mon avis.

— Un rendez-vous chez le coiffeur ne constitue pas une excuse valable.

— À mes yeux, elle est suffisante. Tu iras chez le coiffeur pour la première fois de ta vie. Je veux réunir toutes les conditions pour faire de ce samedi soir un moment inoubliable.

Je haussai les épaules.

— Sortir avec un inconnu, un garçon à qui je n'aurais rien à dire ?

— Il en est de même pour lui. Vous ferez connaissance peu à peu. Vous partirez à la découverte l'un de l'autre. Dans le grand monde, les jeunes filles font leur entrée dans la société à l'occasion d'une soirée solennelle. On appelle ça le bal des débutantes.

Mon sourire lui déplut. Son visage devint de pierre.

— Tu te fiches de moi ? Ta mère a dit quelque chose de drôle ?

— Drôle ? Non, maman. Pas vraiment.

— Ne le prends pas sur ce ton avec moi, Ice. Cela ne te conduira nulle part.

— Je n'en ai pas l'intention. Mais quel rapport entre ma rencontre avec ce garçon et le bal des débutantes ?

Si j'avais cru pouvoir lui clouer le bec, j'en fus pour mes frais. Ma mère avait réponse à tout.

— La danse, justement. Sauf qu'au lieu de valser sur un parquet ciré comme le font ces mijaurées, tu te déhancheras dans une boîte chic. Si par hasard cet inconnu était vraiment charmant, si par hasard tu trouvais moyen de passer un moment agréable, n'oublie pas de dire merci.

Sur ces mots, elle fit volte-face. Je demeurai seule, passablement déboussolée, très en colère.

On se serait cru transporté un siècle en arrière, à l'époque où les parents imposaient à leur fille son futur conjoint. Au cas où le pot aux roses serait découvert par mes camarades de classe, ce serait alors que je deviendrais l'objet de tous les sarcasmes. Sous ses allures affranchies, ma mère faisait souvent preuve d'une naïveté confondante.

Ses amies ne m'étaient pas inconnues, leur discrétion m'inspirait une confiance mitigée. Les langues se délieraient, la rumeur se répandrait comme le feu dans l'herbe sèche.

— La mère de Ice a dû s'entremettre pour lui trouver un rendez-vous. La pauvre n'est même pas capable de se débrouiller seule! Pensez donc, une telle nunuche!

Et moi! Et moi! crieraient en chœur les autres filles. J'en veux un moi aussi! Demande à ta mère de me dégotter la plus chouette bleusaille du régiment!

Je devais trouver le moyen de me sortir de ce guêpier. Il me restait la possibilité de faire appel à mon père. Le cas échéant, le différend entre lui et maman risquait de dégénérer en l'une de ces bagarres monstres comme il s'en était produit trop souvent à mon gré depuis quelque temps. La dernière chose que je souhaitais, c'était d'envenimer leurs dissensions.

Ma mère, à son insu, m'avait soufflé une solution : me faire porter pâle, précisément. Après m'avoir touché le front, elle me dirait: Ice, tu es fraîche comme un gardon et même si tu avais une fièvre carabinée, je t'expédierais hors de la maison. Ce qui est dit est dit.

Je pouvais m'en remettre à la chance. Le jeune frère de Louella avait mieux à faire ailleurs. Il changerait d'avis et ne prendrait pas la peine de se déplacer pour une collégienne ringarde sur laquelle il ne récolterait que des rumeurs peu flatteuses. Peut-être était-il, comme moi, allergique aux rendez-vous surprises.

Une petite voix me chuchotait un tout autre discours : pourquoi ne pas tenter l'expérience, rien qu'une fois ? Et si ce garçon n'était ni un monstre ni un crétin ? Si vous passiez une soirée agréable ensemble ? Ose prétendre que ta mère, à sa façon hystérique, n'a pas vu clair en toi ? Comme toutes les filles, tu rêves de rencontrer le mouton à cinq pattes, le beau mec intelligent, la tête bien faite et bien pleine, qui te raccompagnera chez toi sans avoir tenté d'arracher ton corsage.

Et si ta mère, pour une fois, te rendait vraiment service ?

Je saurais bientôt à quoi m'en tenir. Résignée, je me replongeai dans l'heureuse diversion de la leçon de maths, envisageant la perspective de mon rendez-vous avec le permissionnaire comme une fatalité contre laquelle je ne pouvais rien. Irrésistible, le courant entraînait mon petit youyou vers les chutes du Niagara.

CHAPITRE II

L'ENTOURLOUPE

L'énergie dépensée par ma mère, en actes et en paroles, donnait à penser que j'étais vraiment une jeune fille de la haute se préparant à l'événement de son premier bal. À son retour, peu après dix heures ce soir-là, mon père fut accueilli par la grande nouvelle. Elle lui fut servie en même temps que le sandwich auquel il avait droit quand son équipe assurait les nocturnes. Pitance bien trop modeste pour un colosse de cette envergure. Si elle se trouvait là pour le recevoir – ce qui n'était pas toujours le cas.

Maman accommodait les reliefs de notre dîner. En son absence, je sortais aussitôt de ma chambre pour aller à la rencontre de mon père. Pendant qu'il faisait un brin de toilette, j'allais préparer son souper dans la cuisine où nous passions une heure paisible à bavarder de choses et d'autres, à bâtons rompus.

— Ice a rendez-vous samedi soir avec le jeune frère de Louella, annonça ma mère.

Je travaillais dans ma chambre. J'entendis ces paroles avec effroi.

L'appartement comportait une petite salle à manger réservée aux repas dominicaux. Le reste du temps, nous devions nous contenter de la table en formica de la cuisine, dans le souci évident de ne pas déranger l'ordonnance d'une pièce que ma mère s'était donné du mal à briquer. La logique de cette manœuvre m'échappait. Après chaque déjeuner, chaque dîner, la cuisine devait, elle aussi, être nettoyée de fond en comble.

En dépit des critiques que ma mère lui adressait chaque jour, notre logement présentait un bon rapport qualité prix. Chaque fois qu'elle entonnait le couplet d'un éventuel déménagement, papa lui faisait remarquer l'avantage d'un loyer pareil. Jamais, disait-il, nous ne trouverions pour un prix de location aussi modique une superficie, un confort équivalents. Il s'efforçait, pour la réconcilier avec notre demeure, atténuer l'inévitable sentiment de monotonie éprouvé après les longues années passées entre les mêmes murs, d'en améliorer l'aménagement intérieur. Ses amis installaient de nouvelles moquettes, les murs étaient repeints régulièrement. Il avait assez de relations pour bénéficier de rabais intéressants ici et là, sur les meubles, la vaisselle, le carrelage, la robinetterie, tout ce qui pouvait contribuer à l'entretien, à la rénovation du nid conjugal. En vain. Pour ma mère, nous habitions toujours un « taudis ».

— Quel rendez-vous ? s'enquit mon père, une nuance d'inquiétude perceptible dans sa voix puissante. Avec qui ?

— Je te l'ai dit, le cadet de Louella Carter, Shawn. Il doit passer la soirée avec notre fille. Un jeune militaire en permission.

— Un soldat, par-dessus le marché ? Quelqu'un qu'elle n'a jamais vu ni d'Ève ni d'Adam ? Tu plaisantes, sans doute ?

— Par quelle opération du Saint-Esprit cette petite pourrait-elle faire la connaissance de qui que ce soit en passant ses week-ends entre notre bibliothèque et ta collection de disques ? J'ai pris les devants, il n'y avait pas d'autre solution. As-tu vu les murs du quartier couverts d'une affiche géante, la photo de Ice Goodman avec la légende suivante : Cherche garçon bien sous tous rapports pour m'emmener danser samedi prochain ? Il fallait y mettre du sien. Je l'ai fait.

Mon père, semblait-il, n'était pas disposé à lâcher prise comme il le faisait si souvent. Son insistance me troubla. Jamais il ne m'avait posé la moindre question sur ma vie privée, les garçons que je pouvais fréquenter au lycée, mes éventuelles aspirations à me trouver un « petit ami ». Pudeur de sa part, indifférence ? Pas une seule fois il n'avait laissé entendre qu'une fille de dix-sept ans pouvait avoir envie d'aller « s'éclater » de temps à autre en compagnie d'autres jeunes.

Si aucun concert n'était prévu, je restais à la maison, un point c'est tout. S'il trouvait bizarres mes habitudes pantouflardes, il n'en faisait pas un drame, contrairement à ma mère.

— Cette idée ne me dit rien qui vaille, rien du tout, dit-il.

— Et pourquoi cela, s'il te plaît ? Parce qu'elle vient de moi, cela suffit à la rendre répréhensible à tes yeux ? Toutes mes initiatives sont condamnées à l'avance ?

— J'ai tout de même le droit de donner mon avis, il me semble ! Les soldats sont différents des autres hommes. Je sais de quoi je parle, j'étais dans la police militaire, ne l'oublie pas. Après des mois de vie commune, à l'écart du monde, les femmes prennent pour eux un caractère obsessionnel. Privés de compagnie féminine, ils sont capables du pire. Un jeune soldat en permission !

À son tour, ma mère haussa le ton.

— Que va-t-il lui faire ? Sauter sur notre fille et la dévorer toute crue ? Louella est une fille charmante, très douce. Pourquoi son petit frère serait-il un violeur en herbe ? Je lui ai parlé au téléphone. Il avait une voix normale, il était très poli. De ton côté, qu'as-tu fait pour aider Ice à sortir de sa solitude ? Tu n'es qu'un égoïste enchanté d'avoir sa fille sous la main pour lui faire partager ses lubies. Est-ce en écoutant Sidney Bechet qu'elle rencontrera son futur mari ?

Je devinai, chez mon père, un soupçon d'hésitation. Maman venait de marquer un point.

— Une collégienne de dix-sept a autre chose à faire qu'à se chercher un mari. Passer des diplômes, par exemple. La recherche d'un gendre ne présente pas un caractère d'urgence, me semble-t-il.

— Tiens ? Quel âge avais-je, moi, quand tu m'as épousée ?

— Les circonstances étaient très différentes, rétorqua papa dans un murmure. Tu étais toi-même d'un tout autre genre.

— Précise ta pensée, Cameron Goodman. Veux-tu dire par là que notre fille est d'une espèce supérieure, que nous ne lui arrivons pas à la cheville ?

— Comment pourrait-il en être ainsi ? (J'imaginais le haussement d'épaules paternel.) Si Ice possède certaines qualités, c'est aussi grâce à l'éducation donnée par ses parents.

— Éducation ? De quoi parles-tu, toi qui ne sais que flatter son ego, encourager sa singularité par rapport aux autres ? Elle a une belle voix, personne ne dira le contraire, de là à lui tresser des couronnes dignes de la Vierge Marie ! À ce compte-là, elle repoussera du pied tous les hommes qui se présenteront. Est-ce là ce que tu souhaites, Cameron ? Garder ta fille pour toi jusqu'à la fin des temps ? Elle continuera de chanter pour ton plus grand plaisir, ses cheveux deviendront gris et personne ne s'en apercevra. Ce n'est pas de l'égoïsme, de la part d'un père ?

— Lena, je t'en prie...

— Grâce à moi, pour la première fois, elle sortira avec un jeune homme. Elle se comportera comme toutes les filles de dix-sept ans face à un gentil garçon. Il lui posera des questions auxquelles elle répondra. Elle est intelligente, il s'en apercevra vite. Pour le reste, je lui fais confiance. Je veux être fière de ma fille, elle m'en fournira l'occasion. Si tu ne comprends pas pourquoi j'ai organisé ce rendez-vous, tant pis pour toi. Mais je te préviens, pas de bâtons dans les roues.

Il se le tint pour dit, la mort dans l'âme. Son manque évident d'enthousiasme, ses avertissements confortèrent maman dans son dessein. L'opération devait être un franc succès, elle ne pouvait se permettre un fiasco. Le lendemain matin, elle trépignait d'impatience et m'accusait de lambiner. À neuf heures pile, nous passions la porte du salon de coiffure.

— Voici le phénomène ! s'écria-t-elle, sans se soucier de la gêne ressentie par sa fille, innocente victime de cette entrée en fanfare.

Toutes les clientes se tournèrent. Les employés suspendirent leur travail. Je fus la cible de quinze regards scrutateurs, jaugée, soupesée, empaquetée.

Dawn, une petite blonde aux yeux chassieux, aussi gringalette que l'avait été Mme Waite, mon ancienne maîtresse d'école, émergea de l'arrière-salle. Elle m'éplucha de la tête aux pieds, comme elle l'eût fait d'un être arraché à la barbarie qui décidait d'accéder à la civilisation.

— Le cas n'est pas désespéré, conclut-elle. Vous aviez vu juste, Lena.

Maman se rengorgea.

— Nous avons du pain sur la planche, précisa Dawn avec circonspection.

Elle entreprit de faire le tour de sa victime. Je restais le point de mire.

— Beau brin de fille, commenta la cliente la plus proche.

— Grande, mince, élancée, un vrai mannequin, ajouta l'escogriffe occupé à lui masser le cuir chevelu.

Dawn passa la main dans mes cheveux.

— Secs, archisecs, estima-t-elle. Ils tombent comme feuilles en automne.

— Ne l'ai-je pas dit et redit, renchérit maman. Cette enfant n'a jamais pris soin de sa personne. De nos jours, les paroles d'une mère entrent par une oreille et sortent par l'autre. Les jeunes n'écoutent rien et n'en font qu'à leur tête.

Dawn, à peine plus âgée que moi, ne fit pas de commentaire. Elle n'en finissait pas de m'examiner.

— Shampoing pour cheveux fragiles, masque à la moelle de bambou, massage, décida-t-elle.

Ma mère approuva d'un vigoureux hochement de tête.

— Avec quoi vous laviez-vous les cheveux jusqu'à présent, du savon de Marseille ? persifla la péronnelle.

Tout le monde s'esclaffa. Je résistais à l'envie de m'enfuir à toutes jambes d'un lieu où je n'avais décidément rien à faire. Ma mère dut pressentir une catastrophe de ce genre. Son regard me clouait sur place.

— Au travail, dit l'horrible Dawn. Installez-vous.

Elle me désigna un fauteuil vacant.

— Laisse-toi faire, Ice, murmura maman. Tu es en d'excellentes mains.

Avec une réticence extrême, je m'avançai, sans regarder rien ni personne. Une fois nichée à la place assignée, je fermai les yeux.

Derrière moi, Dawn rinçait le lavabo. Après avoir réglé la température de l'eau, elle m'aspergea les cheveux.

— Trop de brushings, marmonna-t-elle. Il faudrait avoir du crin en guise de cheveux pour résister à pareil traitement. Je vous conseille d'en revenir aux bonnes vieilles mises en plis.

— Certainement pas ! Beaucoup trop long.

Surprise par la vivacité de cette réplique, ma voisine me jeta un coup d'œil perplexe.

— Ce n'est pas mon style, ajoutai-je d'une voix radoucie.

Je considérai ma mère. Si cet avorton ne cesse de me harceler, disait mon regard, je reviens sur ma promesse.

— Ce n'était que l'avis d'une professionnelle, reprit Dawn sans s'émouvoir. Une bonne coupe, qu'en dites-vous, Lena ? À peu près ici ? (Elle appliqua sa main à la hauteur de mon menton. La chipie m'adressa l'ombre d'un sourire.) Votre première visite chez le coiffeur ?

Assise, jambes haut croisées dans le coin salon, ma mère prit les devants.

— Je n'y suis pour rien, croyez-le bien.

— Vous serez ravissante, assura Dawn. Après avoir soigné vos cheveux, une coupe au carré, puis fixation de tresses, retroussées sur la nuque, rentrées sur les côtés.

À nouveau, les yeux clos, je m'abandonnai. Comme dans une salle d'opération, me figurai-je. On oublie le brouhaha, les rumeurs. Billie Holiday vint à mon secours ; sa voix de soie et de papier de verre prit possession de mon esprit.

Quand le calvaire prit fin, Dawn fit pivoter mon siège face au miroir. Elle se tint derrière moi, aussi fière que Michel Ange face à son Moïse. J'ouvris des yeux ronds. Ce reflet, c'était moi, méconnaissable. Plus âgée, très sophistiquée. Jamais je n'avais autant ressemblé à ma mère. Mêmes traits fins, délicats, où se reconnaissaient la bouche large et pulpeuse de mon père, ses pommettes saillantes. Maman était belle, je l'étais davantage.

— Qu'en dites-vous ? s'inquiéta l'auteur de cette métamorphose. Vous êtes restée muette pendant deux heures. Vous m'avez laissée travailler sans faire la moindre remarque. Quel est le verdict ?

— Elle est enchantée, s'empressa ma mère. Ice, dis-lui la vérité. En toute franchise, n'es-tu pas superbe ?

Ses yeux insistants ne me laissaient pas le choix.

— C'est très réussi, murmurai-je.

Je levai sur maman un regard soucieux. Pas une once de jalousie sur son visage rayonnant d'orgueil et de plaisir. Comme toujours, le bonheur avait sur elle l'effet d'un bain de jouvence, contrairement à la colère qui l'enveloppait d'ombre et lui donnait un coup de vieux instantané.

— Étape suivante, épilation des sourcils, ordonna-t-elle. Je lui donnerai ce soir même sa première leçon de maquillage. Aujourd'hui, nous tâcherons de lui trouver une robe seyante.

— Votre collège organise un bal ? questionna Dawn, intriguée.

Craignant le pire, à nouveau, maman me prit de vitesse.

— Pas du tout, fit-elle sur le ton léger de la plaisanterie. Cette petite pédante va passer la soirée de samedi avec un jeune homme. Ce sera sa première vraie sortie hors du nid familial.

Dawn écarquilla des quinquets toujours mal réveillés. En dépit des flatteries et du ton familier justifié par son statut de fidèle cliente, je savais à quoi m'en tenir sur l'opinion de ma mère concernant la jeune coiffeuse : à son âge, avec toutes ces nuits blanches, elle se prépare une maturité de petite vieille !

— Pas possible ? s'exclama l'oublieuse des lendemains qui déchantent.

— Hélas ! soupira maman. Il nous reste quelques jours pour rattraper le temps perdu.

Dawn me contempla, ou plutôt contempla son œuvre. Elle opina du bonnet.

— Rien à craindre, Lena Goodman, la petite a des dispositions.

Cet avis, donné par une experte haute comme trois pommes, déclencha l'hilarité générale. Je restai plus sérieuse qu'un pape.

— Cette coupe va donner à vos cheveux un sérieux coup de fouet, enchaîna ma tourmenteuse. À présent, il faut y mettre du vôtre. Tous les soirs, avant d'aller au lit, appliquez sur les longueurs une noisette du baume que votre maman vient d'acheter. Massez-vous le cuir chevelu pendant cinq minutes. Plus d'élastiques ravageurs, de serre-tête trop étroits qui gênent l'irrigation. Lena, que diriez-vous, au lieu de ces accessoires malfaisants, d'un bandeau en satin pour maintenir les cheveux de mademoiselle lorsqu'elle voudra se dégager le visage ?

— Excellente idée.

— Parfait.

Mon fauteuil pivota de nouveau. On m'enjoignit de renverser la tête en arrière. L'épilation commença.

Émoustillée par le succès de la première phase, ma mère était tout feu tout flamme. Nous prîmes un taxi à la station de Market East. Direction, Drawbridge's Department Store, où papa bénéficiait d'une remise de vingt pour cent.

Considérant le prix des vêtements, je songeai que la réduction ne suffirait pas, et de loin, à mettre la moindre fanfreluche à portée de notre bourse.

Ma mère voyait les choses autrement. Quitte à contraindre la famille à se serrer la ceinture pendant deux mois, elle mettrait son projet à exécution.

— Pas question de ces nippes informes dont les filles s'affublent aujourd'hui et qui semblent sorties tout droit du décrochez-moi-ça. Elles ont honte d'exhiber leurs avantages ou n'ont rien à montrer. Quant à leurs croquenots... impossible d'avoir de jolies jambes avec ça ! Et la démarche traînante qu'elles affectent toutes... On dirait des bagnards.

Maman lisait des journaux de mode. Celle-ci, elle ne l'ignorait pas, évoluait en fonction de tendances contrôlées par des facteurs aussi variés que l'économie, le succès foudroyant d'un film, la morosité ambiante, l'arrivée sur le marché de nouveaux synthétiques. Elle n'en avait cure.

— Je veux une vraie robe pour ma fille. De mon point de vue, est à la mode tout vêtement qui met en valeur ta silhouette. Le reste, c'est de la poudre aux yeux, du chiqué, de la pub.

Après avoir erré sans succès à l'étage réservé aux adolescents, je pensais que nous allions quitter Drawbridge's Department Store pour nous rabattre sur les boutiques des environs. Maman prit le parti d'aller jeter un coup d'œil sur le rayon féminin. Là, elle tomba en arrêt devant un mannequin portant un deux-pièces style « princesse », précisait le panonceau. Haut noir et blanc à motif floral très discret. Jupe noir et blanc à motif de petites feuilles. Décolleté vertigineux devant et derrière.

— Nous y voilà ! s'écria maman. De la classe, tout en restant sexy.

Cinq minutes plus tard, je sortis du salon d'essayage. Toutes les personnes présentes, y compris ma mère, retinrent leur souffle. Plusieurs clients s'arrêtèrent, l'espace d'un instant, pour me gratifier d'un regard éloquent. J'aurais voulu pouvoir entrer dans un trou de souris.

— Magnifique ! s'exclama la vendeuse. Votre fille a une ligne parfaite, madame Goodman. Elle pourrait sans difficulté participer à nos défilés de mode. Quel âge a-t-elle, vingt ans, vingt-deux ans ?

— Si vous lui achetez cette tenue, son père devra s'installer devant votre porte, armé d'une carabine, fit observer une dame, mi-figue, mi-raisin.

Maman était aux anges. Le sentiment tout-puissant de la fierté l'illuminait.

— Dernier cri, dites-vous ? demanda-t-elle à la vendeuse, dans le seul but de faire durer le plaisir.

Sa décision était prise.

— Oui, madame. Nous avons reçu ce modèle hier matin.

— Nous le prenons.

L'ensemble, signé par un créateur en vue, coûtait les yeux de la tête. D'un geste imperceptible, je lui montrai l'étiquette.

— Maman, c'est trop cher, je n'en ai pas besoin.

— Détrompe-toi. Plus belle tu seras, plus ton chevalier servant sera aux petits soins. Une fille comme toi dans cet accoutrement ne passera pas la soirée dans un bouiboui.

— Peut-être est-il fauché, rétorquai-je à mi-voix.

Après tout, que savions-nous de ce garçon ? Rien, pour ainsi dire. Louella n'avait sûrement pas renseigné ma mère sur la feuille d'impôts du cadet.

— Aucune importance. Quand un homme est ébloui, il ne pense plus à son compte en banque. Il n'a qu'une seule chose en tête : se montrer à la hauteur. Je les connais bien, petite. Avant longtemps, tu auras engrangé à ton tour une solide expérience. Tu sauras à quoi t'en tenir. Pour cette première fois, mets toutes les chances de ton côté ; fais-moi confiance.

« Tu as pris un peu de retard par rapport à moi. Et alors ? Je t'aiderai, je t'apprendrai à éviter les pièges, à éventer les faux-semblants. Malheureusement, je n'avais personne pour me montrer la voie. Mon adolescence n'a pas été rose, j'ai dû encaisser pas mal de coups. Pour ma mère, le sexe était un péché capital. Ses trois enfants, elle les avait eus par pollinisation. Le vent avait déposé les germes en elle, comme il arrive aux plantes. Quel soutien pouvais-je attendre d'une telle femme ?

Nous étions dans le salon d'essayage, où je me rhabillais. À sa façon narquoise, par bribes, ma mère me livrait les raisons qui avaient fait d'elle cette mère, cette épouse. Mon sourire s'éffaça très vite. Un sentiment insoupçonné se nouait entre nous.

Elle partit d'un grand éclat de rire.

— Crois-tu que je plaisante ? Ta grand-mère observait les oiseaux, elle se passionnait pour le comportement des abeilles. Que font-elles, sinon répandre le pollen ? C'est ainsi que ta mère possède quelques notions de sciences naturelles. Elle te réserve d'autres surprises !

Un frisson me parcourut. Que maman eût d'autres cartes à jouer, dissimulées dans sa manche, je n'en doutais pas. Les révélations à venir promettaient de n'être pas toutes aussi innocentes.

Faut-il l'avouer ? J'étais émue à l'approche du samedi soir. À notre retour à la maison, après la séance chez le coiffeur et nos achats dispendieux (une paire d'escarpins noirs à petits talons accompagnait le deux-pièces), maman avait insisté pour que je fisse à mon père les honneurs de ma métamorphose. Tout d'abord, je fus conviée à prendre place devant la table de maquillage dont le miroir doré était cerné d'ampoules, comme dans les loges des artistes. Assise derrière moi, maman observait mon reflet. Un nuage de poudre transparente étalée au pinceau, pour donner à ma peau un reflet nacré, un soupçon d'ombre à paupières. Je regimbai. C'était beaucoup trop. Ma mère, bien sûr, savait mieux que moi ce dont avait besoin le visage de sa fille.

— Les yeux sont l'élément capital, répliqua-t-elle. Ta physionomie entière est contenue dans tes yeux. Un maquillage habile consiste à leur donner, par des moyens artificiels, un éclat qui semblera naturel. Tu as la chance d'avoir les lèvres pulpeuses ; de ce côté-là, inutile d'en faire des tonnes. Un peu de brillant ocre sur la lèvre inférieure, un tracé au crayon pour souligner le dessin de la lèvre supérieure.

Elle m'enseigna un truc afin que le rouge ne vienne pas se coller sur mes dents.

— Le visage d'une jolie femme ressemble à la palette d'un peintre. L'œuvre est déjà là, dissimulée dans ce fouillis de couleurs. Le talent de l'artiste consiste à la faire apparaître. Tu mérites un traitement identique. Les cosmétiques n'ont pas d'autre fonction. À toi de les mettre au service de ta vraie personnalité, qu'ils t'aideront à dégager de cet ensemble de traits, de lignes, de courbes, qui constituent le visage de chacun. Pour ma part, je m'y efforce, conclut-elle avec un sourire modeste et beaucoup de conviction.

Certaines de ces remarques n'allaient pas de soi. Entendues dans la bouche de mon professeur d'initiation aux activités artistiques, elles m'auraient semblé naturelles. Elles me surprenaient dans celle de ma mère. Y avait-il chez celle-ci plus de réflexion que je ne l'avais soupçonné ? Ses plaintes étaient-elles justifiées ? Maman étouffait-elle réellement, coincée entre un mari silencieux, taciturne, sédentaire à l'excès, et une fille qui prenait le même chemin ? La vie affreusement monotone que nous lui imposions constituait-elle une entorse à son épanouissement ? Papa et moi nous comportions-nous en parfaits égoïstes, comme elle lui en avait adressé le reproche à mon sujet, indifférents aux frustrations du troisième membre de la famille auquel ne restait pour s'exprimer que la voie étroite, ingrate, toujours méprisable aux yeux des autres, de la fureur ?

Maman, pensai-je soudain, disposait d'un unique atout dans l'existence, son physique exceptionnel. Il donnait tout son sens à sa vie.

La plupart de ses amies, la considéraient avec envie, avec admiration. Elles recherchaient sa compagnie dans l'espoir d'être irradiées par le charme singulier que ma mère – dans ses bons jours – répandait autour d'elle. Maman captait le regard de tous les hommes. Ses compagnes récoltaient les miettes de cette attention masculine. Avec les relations favorables, un coup de pouce de la chance, elle aurait pu faire une belle carrière de mannequin, gagner beaucoup d'argent. Il lui suffisait d'ouvrir un magazine de mode pour savoir qu'aucune des filles qui prenaient la pose au fil des pages ne lui arrivait à la cheville.

Quelles sombres pensées, gonflées de rancœur et d'amertume, remuait-elle alors ? Oh, mon père et ma mère, que je vous veux de mal ! Ses reproches, sans doute, n'épargnaient pas son mari, lequel, d'une certaine façon, s'était contenté de profiter de cette créature de rêve, tombée toute cuite dans son bec à l'âge de dix-sept ans. Moi-même, sa propre fille, quelle satisfaction lui avais-je apportée, si ce n'était cette heureuse ressemblance ?

Étrange. Pour la première fois ma mère, enquiquineuse de choc, éternelle empêcheuse de tourner en rond, faisait figure de victime. Jamais nous n'avions autant parlé, jamais nous n'avions abordé les sujets qui lui tenaient tellement à cœur. Ainsi, ces plaintes dont elle faisait résonner notre petit univers avaient un sens. Il m'appartenait de les déchiffrer, de lire entre ces lignes zigzagantes. Si je voulais savoir une fois pour toutes qui était vraiment ma mère.

En apparence, une fleur exotique, cueillie trop tôt, placée sans ménagement dans un vase imparfait où elle luttait pied à pied contre un étiolement prématuré.

Aujourd'hui, elle reportait sur moi tous ses espoirs déçus. À travers sa fille s'accompliraient les événements merveilleux dont le destin l'avait privée. Maman vivrait enfin, par « procuration ».

Le pasteur avait fait mouche avec moi.

— Les enfants sont notre unique rédemption, serinait-il un dimanche sur deux. Ils rachèteront nos fautes, nos erreurs, nos échecs. Grâce à eux, nos rêves deviendront réalité. Ce que nous voulions faire, ils l'exauceront ; ce que nous voulions être, ils le deviendront. Nous ferons tout pour qu'il en soit ainsi. Rien n'est plus naturel. Soyez heureux, mes frères et mes sœurs. Croissez et multipliez !

Responsabilité écrasante, en effet. Pourtant je n'étais pas assez sotte, ou pas assez ferme, ou pas assez cruelle, comme on voudra, pour tuer dans l'œuf les illusions de ma mère. Il m'aurait suffi de quelques phrases. Ce monde de charme et de sophistication est le tien, maman. Il n'a rien à voir avec moi. Mon ambition ne vise pas à devenir l'égérie de tous les hommes qui croisent mon chemin. J'ai d'autres aspirations dans la vie.

— Lesquelles ? aurait peut-être demandé ma mère, avec une réelle sincérité.

Silence de ma part. Lesquelles ? Cette simple question m'aurait laissée coite. Pour elle, quel sinistre triomphe !

Raison de plus pour me réfugier dans mon mutisme légendaire.

La séance de maquillage avait pris fin. Satisfaite, l'artiste n'éprouvait aucun doute sur l'accueil que le monde réserverait à son œuvre.

— Va mettre ta robe et tes escarpins. Allons montrer à ton père à quel point il se trompait en continuant à te traiter comme une gamine.

J'enfilai l'uniforme complet, l'ensemble noir et blanc, les bas de soie, les souliers. Je n'aurais pas été plus nerveuse à la veille d'un concert à Carnegie Hall. Ma mère entra dans ma chambre afin de s'assurer que toute ma petite personne était en ordre. Pour passer le test du premier regard masculin, celui de papa, elle m'avait prêté son collier de perles et ses boucles d'oreilles assorties.

— Mets une sourdine à tes flonflons, Cameron Goodman ! cria-t-elle depuis le vestibule. Et prépare-toi à recevoir un choc.

Pendant le court trajet séparant ma chambre du salon, je me sentis dans la situation peu enviable du mannequin débutant un jour de défilé. Obéissant, mon père avait baissé l'intensité des cinglantes rafales d'un solo de Art Blakey. Son vieux fauteuil de cuir lustré par un long usage se trouvait à l'autre extrémité de la pièce. Quand s'ouvrit la porte entrebâillée, il leva les yeux de son livre. Jamais je n'oublierai l'expression de son visage, le bref émerveillement, suivi d'une longue chute dans la souffrance.

On m'a volé ma petite fille, clamaient ses yeux à la fois pénétrants, éblouis, désespérément tristes. *Elle s'en est allée, remplacée par cette superbe jeune fille, bientôt récoltée par le premier venu comme l'a été sa mère, pour être plantée dans un jardin inconnu. Adieu, mon enfant. Le temps viendra vite où pour toute consolation me resteront mes souvenirs.*

— Ne reste pas là, bouche bée, Cameron, le gourmanda ma mère, qui me suivait à deux pas. Te voilà muet, toi aussi ? Exprime-toi, nom d'un chien ! J'ai consacré beaucoup de temps et d'énergie pour t'offrir le plaisir de cette apparition.

— Lena, le résultat est magnifique.

— Les vêtements te conviennent ?

Il acquiesça sans hésiter.

— Ce truc lui va comme un gant, beaucoup d'allure.

— Tant mieux. Souviens-toi de cette réaction lorsque tu recevras la facture.

Le sourire de papa s'effaça, comme de l'eau sur du sable. S'il était furieux, il s'abstint de le manifester. L'heure était à l'extase. Il n'allait pas gâcher le plaisir de son épouse par une allusion grossière aux heures supplémentaires que ce chiffon luxueux allait lui coûter.

— Elle te ressemble tellement, Lena. En ce jour pas si lointain où je t'ai vue pour la première fois.

Ma mère pressa ma main dans la sienne.

— Je te l'avais bien dit, chuchota-t-elle. (Puis, avec le plus grand sérieux :) Elle est plus jolie que je ne l'étais alors, Cameron. À cette époque, je n'avais jamais mis les pieds dans un salon de coiffure, je ne savais rien du maquillage.

— Tu étais telle que la nature t'avait faite, à la sortie du paradis.

— La nature, toutes les femmes ont intérêt à l'aider un peu, insista maman.

Papa se carra dans son fauteuil. Le sourire à peine ranimé s'enfonça sous un masque de sévérité.

— Ce Shawn, quand vient-il la chercher ?

Maman haussa les épaules.

— Comment le saurais-je ? Pas question de le lui demander, en dehors des week-ends, il n'est pas en ville. Quand il se montrera, tâche d'être aimable. Ne le traite pas comme tu le ferais d'un voleur à l'étalage.

— En ce qui me concerne, je n'ai affaire qu'à des coupables, lui rappela mon père. Si ces individus sont amenés à comparaître devant moi, c'est qu'ils ont été pris sur le fait. D'ailleurs, il n'y a pas de mal à connaître les heures de sortie et de rentrée de ma fille quand un garçon vient la chercher le samedi soir. Où ira-t-elle, par exemple ? As-tu pris la peine de te renseigner ?

Ma mère agita un index menaçant.

— Prends garde, Cameron. Il s'agit de sa première soirée « normale ». J'ai tout fait pour qu'elle en garde un bon souvenir. Si tu mets les pieds dans le plat, si tu t'ingénies à gâcher ce samedi soir, je ne te le pardonnerai jamais. Ta collection de disques prendra le chemin de la fenêtre.

Mon père devint gris sous l'effet d'une rage subite. Si les choses devaient en arriver là, il n'y aurait plus de famille Goodman. En l'espace d'une seconde, il se maîtrisa, prit le parti d'en rire.

— Compris, patron. Quant à toi, petite, prends du bon temps autant que tu le pourras. J'y tiens beaucoup, moi aussi. Tu me raconteras tout, sans cachotteries ?

J'acquiesçai, dans un battement de cils. J'avais la gorge serrée. En plus de mes angoisses personnelles, je m'en rendais compte à présent, de la réussite de ce rendez-vous dépendait l'avenir des relations entre mes parents. Ma mère se trompait : toutes les conditions étaient réunies pour faire de cette aventure un fiasco retentissant.

De retour dans ma chambre, maman m'observa tandis que je rangeais avec soin ma nouvelle garde-robe. Je l'entendais pester à mi-voix contre son mari, incapable d'apprécier ses efforts à leur juste valeur. Toutefois, plutôt que d'être imputée à une insensibilité particulière, cette désinvolture fut mise sur le compte de son appartenance à l'autre sexe.

Tandis qu'elle surveillait chacun de mes gestes (allais-je oublier de bourrer de papier de soie la pointe de mes escarpins ?), ma mère continuait en effet à me délivrer son savoir :

— Les hommes attendent la lune, en échange de quoi ils donnent des clopinettes. Qu'est-ce qu'ils s'imaginent ? Que les femmes bricolent cinq minutes devant leur miroir et se présentent devant eux comme des amazones avides de leur soutirer des millions de dollars ? En revanche, si on s'attarde, si on se bichonne et qu'on les fait attendre, ces messieurs perdent patience. Ils rêvent d'être au volant d'une bagnole qui en jette, ils rêvent de porter des chevalières, des Rolex capables de donner l'heure de Tokyo à vingt mille lieues sous les mers. La fille assise sur le siège de la Mercedes doit être à l'avenant. Pour y parvenir, elle a besoin de temps, et d'argent.

Je devais avoir un drôle d'air. Quel genre de marlous avait donc fréquentés ma mère avant de rencontrer papa ? Ou bien s'agissait-il de purs fantasmes, récoltés dans les téléfilms ou la lecture pernicieuse de ses magazines ? Elle se méprit sur mon incrédulité, insista pour m'ôter jusqu'à mes dernières illusions.

— J'exagère, crois-tu ? Les hommes, sans exception, considèrent leur femme, leur fiancée, leur petite amie, comme une possession parmi d'autres. Cesse de poursuivre des moulins à vent, Ice. Tu vis dans un monde puisé dans des livres d'un autre âge. Ce sont des mensonges. La réalité est impitoyable, misogyne, nous devons mener une lutte permanente pour gagner le droit au respect, à la considération. Que tu le veuilles ou non, cela vaut pour ton père, même s'il est de ce point de vue plus intelligent que la plupart. Dorénavant, tu garderas les yeux ouverts. D'ici peu, tu reconnaîtras combien j'avais raison. Tu réclameras d'autres conseils.

Opinant à ses propres paroles, elle me prit le cintre des mains pour suspendre les vêtements dans la penderie. Cela fait, ma mère enchaîna :

— Je te ferai profiter en douceur de l'expérience acquise à la dure. Tu en apprendras plus avec moi que dans tes bouquins ou les partitions de gospels. Ton père a cependant raison sur un point. Les diplômes contribuent à enrichir le « trousseau » d'une femme. Tant mieux si elle peut gagner son indépendance financière. Quel bonheur de pouvoir plaquer du jour au lendemain l'homme qui ne vous convient plus !

Elle pivota vers moi, hésita. Comme toujours, sa décision fut prise en un clin d'œil.

— J'ai connu d'autres hommes, Ice. Je parle d'aventures antérieures à notre mariage, bien sûr. Te voilà choquée, n'est-ce pas ? C'est écrit sur ton visage. Blessée, peut-être. Je ne t'en veux pas. Pourtant une fille ne deviendra jamais tout à fait une femme avant d'avoir entendu sans s'émouvoir, sans haine ni mépris, le récit de la vie amoureuse de sa mère.

Elle se tut. Attendait-elle de ma part un encouragement ? Maman, je suis prête ! Je ne l'étais pas. Je ne le serai jamais. Cette faiblesse ferait-elle de moi une femme incomplète ? Puis, comme si elle lisait dans mes pensées :

— Ne t'inquiète pas. Quand le moment sera venu, vraiment venu, je le saurai.

Ma mère s'éloigna. Sur le seuil de ma chambre, elle se retourna.

— Je voudrais être invisible. Je voudrais être un ange, accroché à tes épaules. Demain soir, je te soufflerai à l'oreille ce qu'il faut dire, et faire. Tu t'en sortiras très bien, ajouta-t-elle avec un aplomb qu'elle était loin de ressentir. Tu n'es pas pour rien la fille de Lena Goodman. Je t'ai transmis autre chose qu'un joli minois, une belle silhouette. Quelque chose comme l'instinct de conservation. (Son sourcil se fit sévère.) Si tout se passe comme je l'espère, détends-toi. Ne joue pas les inhibées, les prudes, les effarouchées. Oublie les chœurs, les prières, les sermons. Un garçon soucieux de passer une soirée agréable n'a rien à faire d'une compagne qui se transforme en statue de sel au moindre attouchement. S'il en fait trop, tu sauras dire bas les pattes. Pour ça, je te fais confiance. Du reste, ils adorent se faire rabrouer.

« Et si l'envie te vient de montrer tes talents de chanteuse, choisis de préférence une mélodie entraînante.

Cette journée pas comme les autres m'avait au moins appris que ma mère me voulait du bien. C'était beaucoup. D'un autre côté, comme je la plaignais !

Mon rendez-vous avec ce Shawn Carter resterait sans lendemain. Une anecdote sans importance prenait pour elle les dimensions d'une comédie musicale. Comble de l'ironie, elle n'en était pas moins convaincue de me donner des leçons de pragmatisme.

Le monde tel qu'il est, disait maman. Quel monde ? Existait-il seulement ou n'était-il qu'un faux-semblant, une illusion, comme elle en était convaincue d'une certaine façon, avec paillettes et projecteurs, levers, baissers de rideau ?

Quand il tombait pour de bon, la vie s'arrêtait. Venait le temps du grand sommeil ou de la grande solitude, qui est sa grimace. Adieu les rires, les applaudissements. Abandonné de tous, on sombrait dans le silence qui semait la terreur.

CHAPITRE III

LE KIT-KAT CLUB

Dans mon souvenir, le son lugubre du tambour salua l'ouverture de ce samedi matin. À peine le soleil avait-il glissé un doigt derrière les rideaux pour me chatouiller les paupières que les roulements commençaient. Un rêve absurde et prémonitoire m'avait conduite dans un cirque où ma mère tenait le rôle de Monsieur Loyal. Au claquement impérieux de son fouet, vlan ! les fauves déguerpissaient. Vlan ! Mesdames, mesdemoiselles, messieurs, en exclusivité internationale, voici notre prochaine attraction. Miss Ice Goodman va vous interpréter « Le plus Grand Jour de ma Vie ! ». Faites-lui bon accueil. Plantée au milieu du cercle de lumière dans mon ensemble sexy, je saluai.

Je ne m'étais pas encore hissée sur mon séant que maman entrait. Sans chapeau claque et sans fouet, mais le verbe haut et vif.

— Aujourd'hui, jeune fille, tu te la coules douce. Je fais tout le boulot. Toi, tu vas t'initier au grand jeu de la beauté.

— Quel jeu ?

— Je t'expliquerai en temps utile.

Après le petit déjeuner et la douche, ma mère sortit sa panoplie. Jamais je n'aurais imaginé qu'une femme préoccupée de conserver jeunesse et beauté eût besoin d'une telle quantité de crèmes, masques, lotions, pour ne rien dire du temps qu'impliquaient ces soins minutieux. Certains produits décongestionnaient, d'autres promettaient une peau de velours ou lissaient les paupières. Mains, pieds, corps, poitrine, les laboratoires de cosmétologie avaient pensé à tout. Vers le milieu de l'après-midi, je fus priée de m'allonger pendant vingt minutes, une tranche de concombre appliquée sur chaque œil.

Papa ne dissimulait pas sa contrariété. En début de matinée, il avait reçu un coup de fil de son supérieur pour lui demander de venir remplacer au pied levé un collègue malade, qui ne pourrait assurer le service de nuit. Le samedi, Cobbler's Market fermait à vingt et une heures. Après avoir obtempéré, bien à contrecœur, mon père était à présent tenté de rappeler et d'expliquer la situation à un chef compréhensif afin qu'on fît appel à un subalterne. Ce manque de confiance manifeste horripilait maman

— Me crois-tu incapable de juger un jeune homme, Cameron ? Je crois pouvoir l'accueillir comme il convient et me tirer d'affaire sans toi. Il faut t'arracher les mots avec un tire-bouchon. Que penses-tu apporter, par ta présence ? Le garçon ne restera que quelques instants, de toute façon.

— Mon expérience m'a appris à juger un soldat au premier coup d'œil, Lena. Certains indices ne trompent pas. Je sais les reconnaître.

Ma mère eut un grand geste du bras, comme si elle exorcisait un énergumène.

— Continue sur ce ton, tu finiras par flanquer la frousse à notre fille. Comment aurait-elle envie de sortir avec Shawn si elle est convaincue à l'avance d'avoir affaire à une crapule ? Tous mes efforts seront réduits à néant.

— Elle n'a pas besoin de tant de préparatifs pour séduire le premier godillot venu, grommela mon père.

Le regard de son épouse se fit venimeux. L'espace d'un instant, en voyant son visage se crisper, se nouer, je craignis une catastrophe, que cet échange à fleurets mouchetés ne se transforme en une tempête homérique. Maman semblait à deux doigts de lui lancer à la figure le premier objet venu. Papa me jeta un bref coup d'œil et quitta la pièce.

— Les hommes ! soupira ma mère.

En fait, j'aurais moi aussi souhaité que mon père rencontre Shawn ; de ce point de vue, ma déception égalait la sienne. Impossible de reconnaître ce fait devant ma mère qui l'aurait, à juste titre, interprété comme un affront. De toute la journée elle ne m'avait pas quittée d'une semelle, veillant à la perfection de chaque partie de mon visage et de mon anatomie. Plusieurs conversations téléphoniques entre elle et Louella avaient apporté des précisions : l'heure d'arrivée du prince charmant, les vêtements qu'il porterait, son impatience à faire ma connaissance.

— Il meurt d'envie de te rencontrer, annonça maman alors que je gisais dans ma chambre, les rideaux tirés, les yeux clos sous mes tranches de concombre. Pour lui aussi, c'est un grand jour. Il est plus pressé de sortir avec toi que de retrouver les siens.

Je me redressai. Les concombres dégringolèrent.

— Comment est-ce possible, alors qu'il ne sait rien de moi ? Je pourrais être bossue, avec un œil qui dit zut à l'autre.

Ma mère prit l'air coupable, elle détourna les yeux.

— Maman ?

— Louella t'a déjà vue deux ou trois fois, ne l'oublie pas. Son jeune frère ne pouvait se satisfaire de vagues descriptions. Il a réclamé une photo. Je l'ai donnée.

— Quelle photo ?

— Prise il y a près d'un an, à l'occasion de mon anniversaire. Je l'ai découpée de façon à nous faire disparaître, ton père et moi.

— En fait de rendez-vous surprise, il n'y a que moi qui suis dans le brouillard, marmonnai-je.

— Quelle importance, Ice ? Toute rencontre avec un homme nous réserve sa dose de surprises, bonnes ou mauvaises, quels que soient les renseignements glanés sur son compte. Crois-moi sur ce détail, comme sur le reste. Si tu reçois les confidences d'une femme, compte la moitié de mensonges et d'exagérations. Si un homme te parle de son « bon copain », fais la part de la jalousie. Une seule personne te dira vraiment ce que tu peux attendre d'un garçon. Toi-même, après une heure passée en sa compagnie.

Son sourire naquit, tendre et malicieux.

— Un journal devrait m'embaucher pour tenir la rubrique Courrier du cœur. Mes recommandations feraient un tabac.

Mon étonnement la mit en joie. Je dévisageai cette femme délicieuse, délicieusement jeune. Ma mère, enchantée de voir sa fille enfin marcher dans son sillage. Croyait-elle. Je n'avais pas le souvenir de l'avoir vue si épanouie depuis des lustres. Je l'aimais ainsi, en dépit du malentendu irréductible qui nous séparait, croyais-je. Je n'avais qu'une peur, celle d'émettre un commentaire dubitatif, une réticence susceptible de la plonger dans le désespoir. Shawn lui-même ne comptait pas, je m'en étais enfin rendu compte. Il constituait la première étape. Peu importait que j'eusse ou non le coup de foudre pour mon chevalier servant. Il s'agissait seulement d'une épreuve dont je devais sortir grandie aux yeux de ma mère.

Avant de s'en aller, papa fit halte sur le seuil de ma chambre. Je travaillais. Mon retard s'était accumulé, j'allais devoir mettre les bouchées doubles.

— Passe une excellente soirée ; de même que ta mère, je n'en demande pas plus. Si, pour une raison ou pour une autre, tu te sens lasse ou mal à l'aise, demande immédiatement à ce garçon de te raccompagner chez toi. Pas de timidité, surtout. Il est habitué à l'autorité, il reçoit des ordres à longueur de journée. Exige sans complexe, il s'exécutera. Un bidasse est formé à la discipline. Je n'ai rien d'autre à ajouter, sinon que tu es belle à ravir. Ta mère, nous le savons tous deux, y est pour quelque chose. À plus tard.

— Merci, papa. Merci pour tout.

Il opina, me donna un rapide baiser sur la joue. Hop, il était parti.

Maman me rejoignit en un clin d'œil.

— Que t'a dit le Père Fouettard ? Il t'aura donné quelque conseil empoisonné, je parie !

— Pas du tout. Au contraire, il m'a souhaité de passer une bonne soirée. Il m'a dit que j'étais belle, grâce à toi.

— Hum.

Elle gardait l'air soupçonneux. Vivement, je consultai la pendule.

— L'heure tourne, maman.

— Va te préparer dans ma chambre. Installe-toi devant la coiffeuse. Maquille-toi seule, je me contenterai de veiller au grain.

Ce qu'elle fit, penchée par-dessus mon épaule comme l'autre fois, observant la lente transformation dans l'ovale du miroir. J'avais eu plusieurs jours pour me familiariser avec ces techniques. Mon maquillage fut presque un sans-faute. Le crayon à lèvres me posait encore quelques problèmes. Quand je fus harnachée de pied en cap, à ma grande surprise, maman prit une photo.

— Une autre tout à l'heure, quand ce nigaud sera là.

— Est-ce une si bonne idée ? Tu vas le mettre dans l'embarras.

— Ridicule ! N'importe quel garçon serait honoré d'être photographié en ta compagnie, Ice.

Ce nouveau compliment me laissa songeuse. Si j'étais aussi bien roulée, aussi jolie qu'elle, pourquoi mes camarades de classe m'avaient-ils tenue à l'écart jusqu'à présent ? Ils me traitaient comme si je n'existais pas, ou presque, et ne prêtaient certainement aucune attention à mon physique. Ma réputation d'introversion et d'insensibilité faisait-elle de moi un tel repoussoir ?

À sept heures tapantes, la sonnerie retentit. Un peu trop longue, un peu trop stridente, cette sonnerie sous l'index de mon premier galant.

Mon cœur se serra. Je respirai à fond, encore un truc que ma mère m'avait enseigné. Elle ne devait pas être la seule.

Maman s'était mise en frais, elle aussi, fourreau rouge décolleté en V, escarpins haut perchés. Sagement installée au salon, je la vis sortir de sa chambre, s'arrêter un instant dans le vestibule pour me dévisager. Elle sourit. Résolument, elle s'avança vers la porte.

— Bonsoir, madame, fit une voix claire. Shawn Carter, le frère de Louella.

— Vraiment ? minauda ma mère.

Il va comprendre qu'elle se paie sa tête et partir en courant, pensai-je, presque soulagée. Puis ma mère enchaîna :

— Cet uniforme… mmmm, vraiment très flatteur. Entrez, mon cher. Ice vous attend au salon.

Tout mon être parut se rétrécir, se congeler, se pétrifier. Maman entra la première, elle s'écarta pour laisser apparaître le dénommé Shawn Carter. Il resta cloué sur place, son calot à la main. Une minute s'écoula, qui dura une heure. Le temps, pour moi et pour lui, de voir et d'enregistrer.

Stupeur de part et d'autre, à n'en pas douter. À peine plus grand que moi, il avait des épaules de déménageur, presque aussi larges que celles de papa dont il était loin de posséder la taille hors du commun, le charme profond. Ses oreilles un peu décollées encadraient un visage où tout semblait trop grand, trop large, trop épais. Je ne pus m'empêcher de songer à Puck, le vilain lutin serviteur d'Obéron, dans *Le Songe d'une nuit d'été*. De deux choses l'une, ou maman à qui l'on avait présenté le portrait de l'individu m'avait délibérément menti en affirmant qu'il était « bien de sa personne », ou bien, pour la seconde fois de sa vie (un effet de nostalgie ?), elle avait succombé au prestige de l'uniforme.

Celui-ci, d'ailleurs, d'excellente coupe, était le seul élément prêchant en faveur de son propriétaire. Du moins pouvais-je me sentir rassurée. Face à ce Roméo d'opérette, je saurais me défendre. Quant au reste, j'étais assez grande pour savoir qu'un livre ne se juge pas à l'aune de sa jaquette. Il fallait un peu de temps et de patience pour découvrir les beautés intérieures d'un être. Une heure, avait affirmé ma mère. En somme, j'accordais à Shawn Carter le bénéfice du doute.

— Salut, dit-il.

D'un mouvement de tête imperceptible, ma mère m'enjoignit de répondre.

— Salut, marmonnai-je.

— Tu es vraiment sensationnelle, dit-il. Beaucoup mieux que sur la photo envoyée par ma sœur.

— Mauvais éclairage, rétorqua maman. La plupart du temps, Ice est très photogénique.

— Elle était charmante, se hâta de rectifier le permissionnaire. Mais là, en chair et en os, c'est autre chose.

Il souriait d'une oreille à l'autre. Le résultat, bien sûr, était catastrophique. Je me fis la réflexion qu'il avait l'air gentil, le genre de recrue qui ne devait pas souvent se retrouver au mitard. Ma mère lui fit l'honneur d'un rire léger, cristallin.

— Ma fille est plutôt réussie, en effet. De ce point de vue, ses parents n'ont pas trop à se plaindre. Shawn, prenez un fauteuil et parlez-nous un peu de vous avant de filer. À moins que vous n'ayez réservé une table à une heure précise ?

Il opina, le menton bravache.

— J'ai donné rendez-vous à quelques copains. Nous avions prévu de passer la soirée au Kit-Kat Club.

— Jamais entendu parler, dit maman.

Nous échangeâmes un coup d'œil. Une ombre passa sur son visage.

— Un restaurant où l'on peut dîner en écoutant un orchestre de jazz.

— Jazz ? s'écria maman. Vous avez dit jazz ? Alléluia ! Ice sera au paradis. Mon mari et ma fille sont de véritables jazz-au-boutistes.

— Je vous demande pardon ?

— Aucune importance, mon garçon. Si vous êtes pressé, je ne vous retiendrai pas plus longtemps. Ice, tu risques d'avoir froid en sortant ; je vais te passer mon manteau de demi-saison.

Maman donnait un aspect spontané à une décision prise de longue date. À minuit passé, il ferait frisquet, je grelotterai dans mon ensemble de soie au décolleté avantageux. Mon compagnon aurait eu tout le temps de se rincer l'œil ; je pourrais alors, pour d'évidentes raisons de confort, enfiler un vêtement plus décent.

— Excusez-moi, je reviens dans un instant.

— Je vous en prie, madame.

— Il est très poli, Ice, tu ne trouves pas ? Continuez comme ça, Shawn, et vous ferez sa conquête. Ma fille est très à cheval sur l'étiquette.

Il me dévisagea. Ma mère s'était levée. Elle attendit en vain quelque commentaire de ma part. Son soupir exaspéré ne pouvait échapper à personne.

— Ta mère est sublime, fit observer le jeune homme sitôt qu'elle eut quitté la pièce. Je donnerais cher pour avoir la même.

Je me levai à mon tour. Il en fit autant.

— Au fait, tu connais ma sœur, Louella ?

— Pas vraiment, murmurai-je.

Il hocha la tête. Le malheureux cherchait ses mots, cherchait la phrase suivante. Toute se physionomie, les yeux surtout, exprimait un effort soutenu. Mon silence, déjà, le laissait désemparé. Il se disait qu'il n'allait pas être facile d'établir avec moi des relations naturelles. Son regard fuyait le mien. Il lui était pénible de me dévisager, à moins d'avoir quelque chose à dire. Soudain, l'illumination

— Tu es au collège, en terminale, c'est bien ça ?

J'acquiesçai, sans un mot.

— Tu sembles plus âgée qu'une élève de terminale. Pas vieille, précisa-t-il avec un nouveau sourire, simplement plus âgée.

Je le regardai, intriguée. Pourquoi cette précision ? Comment aurais-je pu imaginer qu'il me prenait pour une grand-mère ?

— Nous y sommes ! lança maman depuis le seuil.

Shawn traversa comme un éclair les quelques mètres de distance, lui prit le manteau des mains et me l'apporta dévotement. Je surpris, sur le visage de ma mère, une expression de satisfaction narquoise. Les jolies femmes, surtout lors de la première rencontre, sont toutes des princesses.

— Encore un instant, dit ma mère. Avant votre départ, j'aimerais prendre une photo. D'accord ?

Je levai les yeux au ciel. Shawn approuva aussitôt.

— Prévoyez deux tirages, s'il vous plaît, madame. La photo sera scotchée à l'intérieur de mon vestiaire dès mon retour à la caserne.

Je fermai les yeux, mordillai ma lèvre inférieure. Il passa le bras autour de mon épaule, sa grosse patte se referma sur mon bras. Il m'attirait contre lui.

— Ma colombe, tu vas me faire le plaisir de nous donner un vrai sourire. Prends exemple sur Shawn. Il a l'air enchanté.

Je lui fis ce plaisir.

— Un autre cliché, dit ma mère. On ne sait jamais.

Cette corvée expédiée, je me dégageai et, vivement, jetai le manteau sur mon dos, sans enfiler les manches.

— Madame Goodman, je ne sais comment vous remercier. Ice ne devrait pas s'ennuyer avec nous, je vous assure.

— J'y compte bien, dit ma mère.

Elle nous escorta jusqu'à la porte où fut prononcée la phrase convenue.

— Ne rentre pas trop tard, je t'en prie.

— Comptez sur moi, madame.

Réponse de bon aloi qui ne signifiait rien du tout. Quelle était l'heure limite pour un permissionnaire ? Papa aurait fait preuve de plus de fermeté, estimai-je.

— Amuse-toi bien !

Ultime avertissement maternel avant de refermer la porte.

— Promis, assura Shawn.

Une fois seuls dans le vestibule, il me prit à témoin.

À nous la grande vie, okay ?

Sans répondre, je me dirigeai vers l'ascenseur. Il me prit la main. Étreinte si soudaine et si ferme qu'il me fut impossible de m'y soustraire.

L'ascenseur arriva sur-le-champ.

— Tu as grandi dans ce quartier ?

Je hochai la tête. Pourquoi restai-je incapable d'émettre un son, pourquoi cette obstination mauvaise de ma part à gâcher la soirée de ce pauvre diable ? N'avais-je pas plutôt décidé d'anéantir les illusions de ma mère ? Aurais-je été plus conciliante si Shawn avait ressemblé à Denzel Washington ?

— Moi de même. Je n'avais pas la bosse des études, j'ai décidé de ne pas terminer le secondaire. L'armée m'appelait, comme on dit, je me suis engagé. Pour les très jeunes recrues, il est prévu un programme d'études générales qui te permet de décrocher ton diplôme tout en suivant l'entraînement. Le problème vient d'une scolarité trop tardive, expliqua-t-il. Ma mère nous a trimballés par monts et par vaux avant de s'établir à Philly[1]. J'avais quatorze ans lorsqu'elle a tout plaqué pour suivre un commis voyageur en informatique. Louella est mon aînée de plusieurs années. Elle avait déjà un emploi solide. Dieu merci, grâce à elle nous avons pu vivre décemment.

Il semblait résolu à ne pas s'accorder une seconde de répit. Encore un tueur de silence. J'écoutai, d'une oreille distraite, ce récit banal d'une enfance malheureuse.

— J'ai voulu savoir pourquoi on t'avait collé ce prénom bizarre. D'après ma sœur, tu serais dans le style pudibonde.

— Pas du tout.

Premier mensonge. La porte coulissa. Très vite, je sortis dans le hall. Il fut obligé de lâcher ma main.

— Ici, tout de même, ce n'est pas un prénom ordinaire, insista-t-il.

Je haussai les épaules.

— C'est une longue histoire.

Une fois dans la rue, le froid me saisit. Je fermai le bouton supérieur du manteau, remontai le col. En fait de voiture, un seul véhicule se trouvait garé à proximité, un pick-up dont le plateau était couvert d'une bâche. Du regard, j'interrogeai mon compagnon.

— J'ai emprunté la camionnette de Chipper, un pote sympa. Louella n'est pas motorisée. Quant à moi, dès que mes économies le permettront, j'achèterai un truc convenable.

Il prit soin de m'ouvrir la portière. Le pick-up me souffla au visage une haleine tiède parfumée au whiskey. Tout était sale, miteux. Le siège déchiré n'avait jamais été nettoyé. J'espérais que le manteau en sorti-

1. *Philly* : Surnom donné à la ville de Philadelphie, dans l'État de Pennsylvanie, et troisième ville des États-Unis. *(N.d.T.)*

rait sans taches et sans égratignures. Je repoussai du pied un cric posé sur le plancher. Shawn mit le contact.

— En avant !

Il déboîta en douceur. Cachée sous le siège, une canette de bière vide roula contre mes escarpins.

— Chipper est un type au poil, ricana Shawn, un peu négligent, peut-être. Tu aimes le jazz, paraît-il, et tu n'es jamais allée au Kit-Kat ?

Je secouai la tête. Pouvais-je avouer que je n'étais jamais allée nulle part ? La honte m'en empêchait. Résolue à détruire les espoirs de ma mère, je commençais néanmoins à comprendre son point de vue. Au fait, pourquoi papa ne nous avait-il jamais emmenées dans un club de jazz ?

— À l'entrée, en principe, on demande une pièce d'identité.

— Je n'ai que dix-sept ans.

— Te bile pas. Le vigile est l'ami de mon frère. D'ailleurs, on te donnerait vingt ans, facile. Il y a des cigarettes dans la boîte à gants.

— Je ne fume pas.

— Tant mieux ! Moi, je fume le moins possible. (Riant sous cape, il ajouta :) En ce qui concerne les cigarettes, tout au moins. Tu dois sortir pas mal, j'imagine ? Enfin, tu dois être pas mal sollicitée.

À nouveau, j'hésitai. Dire la vérité toute crue, c'était conférer à cet inconnu une importance immédiate. J'essuie les plâtres, songerait-il, flatté. Mon instinct me soufflait qu'il n'était pas nécessaire de donner à Shawn Carter la moindre raison de se monter la tête. En mon for intérieur, je remerciai Louella qui avait eu la présence d'esprit de ne pas révéler à son frère plus qu'il n'en était besoin. À la demande de ma mère, sans doute.

— Avec ton physique, tu dois être populaire auprès des garçons. Non seulement tu es la nana la mieux balancée de ta classe, mais tu as du talent, mon petit doigt me l'a dit. Tu chantes ? Où ça ?

— Dans une chorale. À l'église, aussi.

Ma réponse provoqua un éclat de rire un peu moqueur.

— Tiens, moi aussi, j'ai fait partie d'une chorale. Là encore, résultat décevant.

Il parlait toujours. J'eus droit à la description de son arrivée dans le camp d'entraînement, où il s'était rapidement fait de nouveaux copains. À celle de l'instructeur fort en gueule, objet de la haine universelle. Il glissa sur ses projets d'avenir, la base où il espérait être muté au terme de sa formation.

Silence, enfin. Je me gardai de le rompre.

Sourire en coin. Il se tourna vers moi.

— Louella m'avait prévenu : ce n'est pas une bavarde. Puis-je te poser une question ? Pourquoi priver le monde de ta jolie voix ?

— Je parle quand j'ai quelque chose d'important à dire, murmurai-je.

Il s'esclaffa.

— Tu devrais t'engager dans l'armée. On croirait entendre notre sergent-la-terreur. « Vous l'ouvrez quand je vous en donne l'ordre, un point c'est tout ! » Dickie Stieglitz s'est retrouvé avec une semaine de corvée de pluches parce qu'il avait osé grommeler dans sa barbe. Ce type entendrait un moucheron voler à trois kilomètres. Ses oreilles sont équipées de radars.

Après un temps d'arrêt de quelques secondes, devant mon manque évident de coopération, il mit les points sur les *i* :

— Je vais attraper un chat dans la gorge si je continue à soliloquer à perpette. Ce serait sympa si tu pouvais prononcer quelques mots, n'importe lesquels.

Il avait fait preuve de patience. Sa demande était formulée avec un peu d'humour et beaucoup de gentillesse. Je ne pouvais, sans me montrer ridicule, persister dans mon mutisme.

J'en profitai pour orienter la conversation sur un sujet plus exaltant que la vie de caserne.

— J'aime le jazz. Jusqu'à une certaine période, tout au moins. Après, je suis un peu perdue.

— Génial ! Là où nous allons, tu pourras te saouler de jazz rétro. Au fait, à quoi tu carbures ? Vodka, gin, bière ?

Nous étions arrivés. Non sans habileté, il manœuvra pour garer son engin dans le parking bondé.

— Je ne bois pas d'alcool, répliquai-je.

— Bourbon, rye... ?

— Réellement, je n'ai pas l'habitude.

— Ma sœur et moi, nous sommes très indépendants l'un par rapport à l'autre, si c'est ça qui te turlupine. Je ne lui fais pas le compte rendu de mes sorties. Tout ce que tu diras, feras, ingurgiteras ce soir restera entre nous. Tes parents n'en sauront rien. Je suis une tombe.

Il ne comprenait pas. Ce n'était pas mauvaise volonté de sa part. Jamais encore il n'était sorti avec un phénomène de mon espèce. Je n'insistai pas.

À présent que ma mère ne pouvait se pencher à la fenêtre pour surveiller ses bonnes manières, Shawn Carter ne prit pas la peine de contourner le véhicule pour ouvrir la portière. Le mode d'expression s'était sensiblement modifié, je l'avais déjà remarqué. Terminés, les « Oui, madame », les « Je vous en prie » ; le personnage se révélait pour ce qu'il était, un bidasse en permission, aurait dit mon père.

À l'entrée du club, le vigile me lorgna de la tête aux pieds avec tant d'effronterie que j'eus presque l'impression de subir les derniers outrages.

— Compliments, Shawn. Tes amis sont à l'intérieur. Ils t'attendent depuis longtemps.

Mon escorte s'effaça pour me laisser entrer.

— T'inquiète pas, mec. Nous rattraperons le temps perdu.

Sur la droite courait un bar derrière lequel un immense miroir semé de paillettes d'or et d'argent rutilait comme un arbre de Noël. Tous les tabourets étaient occupés. Le serveur débordé avait à peine le temps de respirer entre deux commandes. Clientèle haut de gamme. Les hommes portaient le complet veston avec cravate ; leurs compagnes étaient vêtues avec élégance.

Sur le plateau, grand comme un mouchoir de poche, un quintette s'escrimait à jouer un standard de Duke Ellington que je reconnus aussitôt. Shawn me précéda jusqu'à une table du premier rang. Il y avait là six personnes, trois jeunes gens en uniforme et leurs partenaires. De tout ce monde, j'étais de très loin la benjamine. Dès qu'ils nous aperçurent, les permissionnaires poussèrent des ho ! et des ah !, sans se soucier de leurs voisins, attentifs à la musique. Cet accueil bruyant me fit mauvaise impression, d'autant plus qu'il attira l'attention sur notre groupe. Sur moi, en particulier.

— Où étais-tu passé ? claironna un rouquin dégingandé assis sur la droite. On pensait que tu avais déserté les copains.

Sa compagne, pour une raison que je continuerai d'ignorer toute ma vie, paraissait au supplice, sur le point de fondre en larmes. Elle avait un casque de cheveux bruns, coupés très court, des lèvres si molles qu'elles semblaient prêtes à se détacher du visage.

— J'ai dû rendre la visite d'usage aux parents de mademoiselle, répliqua Shawn. (Du menton, il désigna le rouquin longiligne.) Ice, voici Michael. Le mastard, là (il montrait un Afro-Américain plus âgé, plus costaud que les autres), s'appelle Buzzy. Quant au junior, le lascar pain brûlé qui a pris le soleil à travers une passoire, c'est la mascotte de notre régiment, affublé du sobriquet original de Sonny.

Plus jeune, en effet, un visage rond au teint ambré, constellé de taches de rousseur de couleur sombre.

— Salut ! firent-ils à tour de rôle.

Michael se chargea de présenter les dames. Son acolyte à l'air souffrant s'appelait Jeanie. Bernice, taillée en athlète, les seins comme des obus sous son pull moulant, était la petite amie de Buzzy. Ses cheveux avaient la couleur et la texture de la paille. Maman aurait été horrifiée.

Michael avisa la troisième fille, l'amie du petit Sonny.

— Excuse-moi, mon ange, peux-tu me rappeler ton prénom ?

— Dolores, répliqua-t-elle sur un ton offusqué.

Sud-Américaine, de toute évidence, peut-être mexicaine. La plus jolie du trio, en raison de ses yeux sombres, immenses, prêts à s'enflammer à la moindre contrariété, comme ils venaient de le faire. Elle se ressaisit aussitôt et concentra son attention sur l'orchestre. Ses doigts battaient la mesure sur l'angle de la table.

— Assez de bla-bla. Dansons ! décida-t-elle.

Michael réagit sur-le-champ.

— Elle a raison. Sonny, qu'attends-tu pour t'exécuter ? Lève-toi et danse. Cette petite tourne à plein volume. De ton côté, c'est la panne sèche.

Rires.

Shawn ôta mon manteau qu'il plia avec soin – sur le dossier de ma chaise. Trois regards concupiscents se braquèrent sur des avantages exposés plus que je ne l'aurais souhaité par un soutien-gorge à bonnets rembourrés que maman avait acheté pour la circonstance.

Nous prîmes place.

— Gin tonic, commanda Shawn. Après une seconde d'hésitation il ajouta : idem pour mademoiselle.

Sans émettre une protestation qui n'eût pas manqué de m'attirer la moquerie générale, je décidai d'y goûter et d'en rester là si ce breuvage me déplaisait.

J'étais assise depuis moins d'une minute lorsque surgit l'inévitable question. Buzzy pencha vers moi sa silhouette colossale.

— Ice, drôle de nom pour une fille comme toi. À te voir, on ne te prendrait jamais pour un glaçon.

La plaisanterie éculée récolta un concert de ricanements.

— Ice n'est pas froide à proprement parler, précisa Shawn. Elle est à la température ambiante.

— Ice, je t'invite à tremper ton index dans mon verre quand il te plaira, susurra Sonny.

Et tous de s'esclaffer, à l'exception de l'ombrageuse Dolores.

— Depuis quand connais-tu ce chef-d'œuvre ? s'enquit Michael, en montrant Shawn d'une pichenette de ses doigts osseux.

Je réfléchis.

— Vingt minutes, à un iota près.

Jamais ils n'avaient entendu repartie plus cocasse. L'hilarité prit fin avec le morceau de Duke Ellington. Applaudissements généreux. Nos consommations arrivèrent. Shawn lampa la sienne d'un trait.

— Ouf ! J'en avais besoin. Rencontrer une honnête mère de famille, ça donne soif.

Buzzy lui jeta un regard en coulisse.

— Tu n'en es plus à une maman près, il me semble. (Il reporta son attention sur moi.) Native de Philly ?

Je me contentai d'un hochement de tête. Depuis que l'orchestre s'était tu, la salle était devenue un lieu tonitruant. Il fallait crier pour se faire entendre. Mauvais, très mauvais pour les cordes vocales.

— Sais-tu à quel point ce Shawn Carter est dangereux, sous ses airs de bon zigue ? questionna Michael.

Il lança une œillade à l'intéressé. Je haussai les épaules.

— Sa vie privée est classée top secret.

Les rires fusèrent de nouveau. Le colosse observa :

— Bien vu, Shawn. C'est le genre cool. Pas impressionnée le moins du monde. À ta place, je commencerais à me faire du mouron, conseilla-t-il.

Sonny donnait des signes d'agacement.

— Cette zizique te plaît ? grimaça-t-il.

— Elle adore, dit Shawn. Ice est une jazz-au-boutiste.

— Je n'en doute pas, marmonna Michael. Tu connais ce nouveau morceau ?

D'un signe de tête, il montra l'estrade.

— Bien sûr. Benny Goodman, 1929. Cela s'appelle *After Awhile*.

Ils en demeurèrent tous stupides.

— C'est une blague ? s'enquit Buzzy, s'adressant à Shawn.

Il secoua la tête, fier comme Artaban.

— Sa mère m'a prévenu. Et vous ne savez pas le plus beau. Ice est aussi chanteuse.

— Non ? s'exclama le rouquin, gouailleur. Un autre talent, en plus de tous ses talents naturels ?

Les autres filles commençaient à s'impatienter de l'intérêt manifeste de leurs compagnons à mon égard. Dolores tira Sonny par la manche. Il se laissa convaincre d'aller tourner sur la piste.

— On y va ? proposa Shawn.

Papa m'avait enseigné quelques pas. J'allais lui faire honneur.

Shawn, il fallait s'y attendre, n'avait aucun sens du rythme. Il n'écoutait pas, se trémoussait au hasard et donnait le change. Sans lui prêter attention, je me concentrai sur la mélodie. Dans le merveilleux silence venu du fond du ciel, ne subsistait pour moi que l'enchantement de Benny Goodman, autant dire le battement du cœur de Dieu. Les yeux fermés, je dansais, inconsciente d'être le point de mire de nombreux regards étonnés, admiratifs. Quand le silence revint, je regardai autour de moi, toute surprise de découvrir le Kit-Kat identique à lui-même. Rien n'avait changé, surtout pas Shawn Carter. De ce côté-là, on ne pouvait espérer aucun miracle. Je ne fus pas sans remarquer, cependant, que certains applaudissements m'étaient destinés. Confuse, perplexe, je jetai un coup d'œil sur l'orchestre. Le chef, clarinettiste noir aux tempes grisonnantes, vieux baroudeur de clubs qui devait enrager d'être né un demi-siècle trop tard, me rassura d'un sourire.

Mon retour à la table des permissionnaires fut salué par une ovation. Uniquement de la part des messieurs, cette fois. Les dames faisaient franchement grise mine. Shawn commanda un Four Roses « avec glaçons ».

Je n'avais pour ainsi dire pas touché à mon verre.

— Siffle-moi ça, ordonna-t-il, mi-goguenard, mi-sérieux. La nuit sera longue.

Raison de plus pour y aller doucement sur la boisson, pensai-je. Tous les autres en étaient déjà à leur troisième verre.

Autant retourner sur la piste, décidai-je. Dolores était du même avis. Adepte des postures sexy, elle en remettait dans l'intention évidente de m'éclipser. En toute sincérité, s'ils n'avaient rien à voir avec la musique, ses déhanchements ravageurs n'étaient pas désagréables à regarder.

Lorsque Sonny m'invita pour le morceau suivant, son beau visage s'enflamma. Elle était prête à bondir pour m'arracher les yeux.

Shawn haussa les épaules.

— Ne te gêne pas pour moi. Offre-lui le grand frisson, murmura-t-il.

— Tout le monde n'est peut-être pas de cet avis, répliquai-je à mi-voix.

Cette réponse les dégrisa d'un seul coup. Ils ne songeaient qu'à s'imbiber et à faire les fous. Mes paroles raisonnables leur firent l'effet d'une douche froide. Trop tard, je compris mon erreur.

— Brrr, j'ai senti passer un froid polaire, dit Michael. Ice, tout compte fait, ce prénom te convient.

— Ne l'asticote pas, intervint Buzzy. D'ailleurs, il est temps que Mlle Ice nous présente une autre facette de son génie. Qu'elle chante !

Je me rebiffai aussitôt.

— Jamais de la vie !

Autant m'adresser à des sourds. Ils avaient une revanche à prendre sur moi. Ils ne me lâcheraient pas avant d'avoir obtenu gain de cause. Buzzy s'approcha du clarinettiste, lui chuchota quelques mots, tout en me montrant du doigt. Le vieux chef acquiesça. Buzzy me fit signe de le rejoindre.

Shawn se fit pressant.

— Pas de fausse modestie. Montre-leur ce que tu sais faire.

— Il n'en est pas question.

— Mademoiselle fait des manières ? ironisa Jeanie. Le public n'est pas assez chic pour toi ?

Je la dévisageai. Surtout, ne pas perdre son sang-froid face à cette harpie.

— Au contraire, je craindrais de les décevoir. Je n'ai encore jamais chanté en solo.

— Il faut bien commencer un jour… ou un soir, railla Michael. Pourquoi pas ce soir ? Tous nos vœux t'accompagnent.

Shawn me prit par le bras. Derechef, je secouai la tête.

Le manège de Buzzy n'était pas passé inaperçu. On nous regardait. Nos voisins de droite applaudissaient déjà. Ces encouragements me terrifiaient. Mes compagnons trépignaient, surtout les filles, émoustillées à la perspective d'un fiasco.

Pour la première fois, je trouvais approprié le prénom encombrant dont m'avait gratifiée ma mère. Je restai pétrifiée. L'idée de chanter seule, au milieu de musiciens professionnels, me glaçait le sang. « L'eau de la fonte des neiges » coulait dans mes veines. Ce fut alors que j'entendis une voix familière.

— Laisse-toi tenter, Ice.

Je me tournai. Assis non loin de là se trouvait Balwin Noble, le garçon qui depuis des années accompagnait notre chorale au collège.

— Balwin ! m'écriai-je. Qu'est-ce que tu fais ici ?

— Pas si muette que ça, persifla Sonny à l'intention de Shawn.

— Je viens souvent au Kit-Kat pour jouer avec Barry Jones. Chante-leur *Lullaby of Birdland*.

De temps à autre, avant les répétitions, il nous était arrivé de nous prendre pour des pros, lui et moi. Il se mettait au piano, je chantai. Ainsi que mon père, Balwin était enchanté par mon interprétation du grand succès d'Ella Fitzgerald.

— Si tu veux, ajouta-t-il, je tiendrai le piano.

— Tu ferais ça ?

— D'où sort ce zouave ? questionna Shawn.

Balwin ne lui jeta qu'un bref coup d'œil.

— Je suis le pianiste de notre chorale, dit-il.

— On n'est pas au bahut, mon pote. Dégage, tu veux bien ?

— Je ne chanterai qu'à une seule condition, déclarai-je. Balwin m'accompagne au piano.

Le public commençait à trouver le temps long. Les couverts tintaient contre les verres. Shawn regarda autour de lui avec un commencement d'inquiétude.

— À ta place, je me tiendrais à carreau, l'avertit Michael. Quelle importance, de toute façon ?

Shawn se rassit et se tint coi. Dans le sillage de Balwin, je gravis les quelques marches d'accès à la scène minuscule. Il échangea une poignée de main avec tous les membres du quintette. Le pianiste lui céda aussitôt son tabouret.

— Balwin, tu te portes garant de la demoiselle ? demanda le clarinettiste dans un murmure. La salle est exigeante, ce soir.

— Elle chante depuis l'âge de cinq ans. Sans elle, la chorale du collège ne serait rien. Le dimanche, elle chante des gospels. Jouez *Lullaby*, d'accord ?

— Excellent choix. Allons-y.

Le cœur me battait dans la gorge. Il emplissait mes oreilles de ses mugissements. Ma tête éclaterait bientôt sous le volume d'un tel fracas. Seule la vue de Balwin, assis devant le piano, me réconfortait. Il me lança un dernier sourire par-dessus son épaule, un ultime encouragement.

— Tu es une parfaite inconnue, la plupart sont sceptiques, chuchota-t-il. Offre-leur un démenti cinglant.

On me tendit un micro. Du coin de l'œil, j'observai la silhouette massive de Buzzy qui retournait s'asseoir. Autour de la table, ils s'attendaient à tout, surtout au pire. Les filles s'étaient encore renfrognées. Les premières mesures de *Lullaby* s'élevèrent dans un silence lumineux. Je songeai à mon père, au sourire de mon père lorsque sa fille chantait pour lui seul. Ma voix prit son essor. Le Kit-Kat n'existait plus. J'étais à la maison, en sécurité. Aussi longtemps que je chanterais, il ne pourrait rien m'arriver.

La salle me rendit un vibrant hommage. Les gens s'étaient levés, quelques sifflements flatteurs fusèrent ici et là. Même les trois pimbêches applaudissaient, debout elles aussi.

— Revenez quand il vous plaira, déclara le clarinettiste. Vous serez toujours la bienvenue.

Balwin rayonnait de fierté.

— Je n'ai jamais douté, pas une seconde, me souffla-t-il à l'oreille.

— Sans toi, je n'en sortais pas vivante.

— Si je t'ai rendu service, tant mieux.

Vivement, Shawn s'interposa entre nous.

— Bravo, dit-il du fond du cœur. Bon, on se taille d'ici. Nous allons tous chez Michael pour célébrer ton succès. Tu seras la reine de la fête.

— S'en aller d'ici ? Mais pourquoi ?

— On en a marre. De l'avis des copains, ça manque d'intimité.

Autour de la table, on pliait bagage. Je me remémorai le conseil de mon père.

— Je reste ici, annonçai-je avec toute la fermeté dont j'étais capable. Il n'a jamais été prévu que la soirée se termine chez l'un d'entre vous. Nous devions dîner ici, au Kit-Kat Club. Je n'ai encore rien avalé.

— Ils vendent des plats à emporter. Nous piqueniquerons là-bas.

— J'ai une meilleure idée. Allez-y tous les sept. Dépose-moi à la maison en passant. Je n'irai pas chez Michael. Je reste ici ou je rentre.

— Tu plaisantes ?

Comme je secouais la tête, son sourire de dérision s'estompa. Ma décision était irrévocable. Son visage devint franchement maussade.

— Que signifie cet accès de mauvaise humeur ?

— Pas de mauvaise humeur. Personne ne décide à ma place de ce que je dois ou ne dois pas faire.

— J'avais cru comprendre que tu sortais avec moi pour te payer une tranche de bon temps. Tu n'as donc jamais envie de t'éclater un peu ?

— Il n'est pas nécessaire d'aller chez Michael pour ça. Je me trouve très bien ici.

Il changea de ton. Sa voix se fit tout sucre et tout miel.

— Ice, fais-moi plaisir.

— J'ai accepté de sortir avec toi. J'ai dansé. Ensuite, tu m'as demandé de chanter. Je l'ai fait. À présent, c'est non.

Il me foudroya du regard. Peine perdue, autant s'acharner contre un roc. Il s'en fut trouver les autres pour leur faire part de ma résolution. Une fois de plus, je faisais figure de rabat-joie.

— On va chez moi, on met quelques disques, on se fait une petite bouffe, on profite de la fraîcheur de la nuit, plaida Michael. Où est le mal ?

Sans répondre, je restai assise, les bras croisés. La tribu des permissionnaires avait cessé de m'intéresser. L'orchestre venait d'attaquer *Cherokee*. Les prières de Buzzy ne m'atteignaient pas.

— Tu t'es dégotté un iceberg, dit Sonny.

Tous me dévisageaient. Oubliés, l'agréable surprise exprimée à mon arrivée, le succès remporté par mon petit tour de chant. Pour la première fois, sans doute, les trois compères avaient sous la main une fille plus jeune, plus belle, plus cultivée que leurs conquêtes habituelles. Ils n'en avaient cure et poursuivaient leur misérable routine dont je savais très bien comment elle se terminerait. Shawn Carter avait-il fait un effort pour me séduire ? Conscient de se trouver en compagnie d'une fille qui sortait un peu de l'ordinaire, il était vite retombé dans le comportement médiocre et fastidieux auquel avaient droit toutes les partenaires du samedi soir. Ses bonnes manières tenaient dans un dé à coudre. Je ne les regardais pas, pourtant je sentais leur mépris peser sur moi comme une chape de plomb.

De mon côté, j'avais enregistré la leçon. Mes parents, chacun à sa manière, se faisaient de douces illusions. Il ne suffisait pas de faire preuve de fermeté pour se faire obéir au doigt et à l'œil par une bleusaille en permission. Quant à maman, elle planait sur son nuage. Le pouvoir de la beauté n'était qu'un feu de paille. Pour ces êtres frustes, encanaillés jusqu'à la moelle, Ice Goodman ne méritait aucun égard particulier.

— Je me tire, déclara Shawn. Tu viens, oui ou non ?

Je levai les yeux sur lui.

— Tu as menti à ma mère et tu m'as menti. J'ai horreur de ça. Allez vous éclater sans moi.

Il rejeta la tête en arrière comme si je l'avais giflé.

— Parfait. Tu demanderas à cette face de lard de te raccompagner. La prochaine fois que Louella voudra se mêler de ma vie privée, je l'enverrai sur les roses. Dolores, j'aurais dû t'écouter. Peux-tu passer un coup de fil à ta sœur ? Une âme esseulée a besoin de consolation. Celle-ci, c'est de la poudre aux yeux. Une chipoteuse qui n'a rien dans le ventre, et rien dans le ciboulot.

Les filles buvaient toutes ces fanfaronnades comme du petit-lait. Souriante, je les examinai l'une après l'autre comme je l'aurais fait de moutons qu'on emmène à l'abattoir.

Buzzy ne put résister à une dernière facétie.

— Si l'envie te prend de sortir avec un homme, un vrai, appelle-moi de jour comme de nuit, chuchota-t-il à mon oreille. Tu trouveras mon numéro dans les pages jaunes de l'annuaire, sous la rubrique, Increvable.

Il éclata d'un grand rire. Je l'écoutai s'éloigner avec un mélange de satisfaction et d'angoisse. Cette scène grotesque n'avait pas manqué d'attirer l'attention d'autres consommateurs. Si j'osais tourner la tête à droite ou à gauche, je serais sûre de rencontrer des regards braqués sur moi. Regards moqueurs ? Indignés ? Apitoyés ? Je n'avais nulle envie de m'en assurer. Sous un calme apparent, je sentais la panique monter en moi. Je commençai à comprendre ce qu'avait dû ressentir la petite Alice en arrivant chez le Roi et la Reine de cœur. Je resterais rivée à ma table jusqu'à la fin de *Cherokee*.

Cette fois encore, Balwin vint à mon secours. Sitôt que les autres eurent quitté la place, il vint s'asseoir à côté de moi.

— Que s'est-il passé ?

J'expliquai, en peu de mots. Dans son visage rond, ses yeux s'écarquillèrent sous l'effet de la surprise.

— Il t'a laissée en rade, sans plus de façon ? C'est à peine croyable.

Je gardai le silence. Saisie d'un tremblement soudain, je baissai les yeux. Sa main effleura mon épaule dans un geste de réconfort, « entre camarades ».

— Ice, ne t'inquiète pas. Ce soir, ma mère a bien voulu me prêter sa voiture. Je te raccompagne. Veux-tu rentrer tout de suite ?

J'acquiesçai.

— Tu n'as même pas dîné, je crois ? Faisons halte dans une pizzeria, en chemin. À moins que tu ne sois pressée. J'ai un petit creux, moi aussi. (Penaud, il confessa :) C'est plus fort que moi, j'ai faim du matin au soir.

— Entendu.

Dans ma hâte de quitter cette table désertée, je pouvais bien accepter sa proposition. Elle ne comportait aucun risque, et je connaissais ce garçon depuis toujours.

Tout en me dirigeant vers la sortie, je songeais avec appréhension à la réaction de ma mère. J'avais ma réponse toute prête : Qu'aurais-tu fait à ma place ?

Se laisserait-elle si facilement convaincre ?

CHAPITRE IV

COMPLICES

Je décidai de ne rien révéler à maman. À mon arrivée, je trouvai mes parents au salon, installés devant la télévision. Malgré mon entrée discrète, ma mère courut à ma rencontre.

— Qu'as-tu fait de Shawn ? Il ne t'a même pas raccompagnée ?

— Cela ne m'étonne guère, lança mon père depuis son fauteuil.

— Moi non plus, maugréa maman, déjà prête à me faire porter le chapeau d'un échec retentissant.

Ses yeux méfiants scrutaient mon visage, apparemment vierge de toute contrariété.

— Viens au salon. Ton père et moi sommes impatients de savoir. Comment s'est passée cette soirée ?

Je la suivis.

— Très bien, assurai-je.

— Très bien, sans plus. Comment ça, très bien ?

Papa attendit que je fusse assise.

— Il t'a emmenée au Kit-Kat, paraît-il. Barry Jones et son quintette y jouent à demeure.

— Excellents tous les cinq, confirmai-je.

Papa jubilait.

— Qu'en penses-tu, Lena ? Je t'ai proposé de t'y inviter le mois dernier. Tu as refusé. Débarque ton oiseau encaserné. Où traîne-t-il notre fille ? Au Kit-Kat, sans hésiter. Qu'ont-ils joué ?

Je récitai de mémoire.

— Ellington, Benny Goodman, Miles Davis, Sonny Rollins...

Le plaisir fit scintiller les yeux de papa.

— Sur la musique, tu serais intarissable, je n'en doute pas, intervint maman. Comme s'il s'agissait de Sonny Rollins ! Je veux savoir pourquoi Shawn Carter ne t'a pas raccompagnée.

— Ils ont passé quelques heures dans une boîte de jazz où se rend une clientèle d'habitués, attentive à la musique, plaida mon père. Elle ne sait toujours rien de lui ou presque. À quoi t'attendais-tu, au terme d'une première rencontre ?

— Entre vous, tout s'est bien passé ? insista ma mère.

Je haussai les épaules.

— Plus ou moins, oui.

Mon absence d'enthousiasme sautait aux yeux. Il n'en fallut pas plus pour jeter l'alarme chez ma mère.

— Ellington, Goodman, Davis, ceux-là se sont amusés comme des fous, grommela-t-elle. Qu'en est-il de toi et de ce garçon ? As-tu fait la connaissance de ses amis ? Quel genre ? As-tu trouvé le moyen de te lier avec quelqu'un ? Avez-vous échangé vos numéros de téléphone ? Envisages-tu de revoir Shawn Carter ?

— Laisse-la respirer, bon sang ! Tu poses dix questions à la fois sans lui laisser le temps de répondre.

Maman voulait des faits.

— Qu'elle parle donc ! Qu'elle dise quelque chose de concret ! Nous avons investi beaucoup d'énergie et quelque argent dans l'espoir que notre fille sortirait enfin de sa solitude. Cette prison où elle demeurerait enfermée, si cela ne tenait qu'à toi.

Je devais donner le change, prononcer des mots apaisants, rassurants, convaincants. Accabler Shawn Carter ne servirait à rien qu'à mettre ma mère dans tous ses états. Je ne tenais pas à provoquer une rupture entre elle et Louella, de toute façon.

— Maman, les autres filles étaient toutes beaucoup plus âgées que moi. À leurs yeux, je n'étais qu'une gamine, une collégienne. Aucune d'entre elles n'avait envie d'ajouter mon nom à son carnet d'adresses.

— À te voir, comme ça, tu ne fais pas très scolaire, Ice. Ces filles auraient dû t'apprécier sur-le-champ, rechercher ta compagnie. Naturellement, elles étaient jalouses de ta beauté.

— Tss, tss, fit mon père. Tu vas la mettre dans l'embarras, même si c'est la vérité.

— Pas du tout, riposta maman. Une jolie femme arbore son charme comme un drapeau. Ice aurait dû être fière de sa métamorphose, fière d'elle-même et de moi. Nous sommes entre nous, petite. Les hommes te lorgnaient-ils avec intérêt ?

— Il me semble. Oui, j'étais la plus belle, et de loin. Grâce à ton aide. (Je me tournai vers papa.) Shawn et les autres ont insisté pour que je chante. Ils m'ont obligée, pour ainsi dire. Je n'avais pas le choix. Je suis donc montée sur scène. J'ai interprété *Lullaby*.

Mon père se dressa comme un ressort, le visage soudain attentif.

— Répète-moi ça, Ice. Tu as chanté, accompagnée par le quintette de Barry Jones ?

Je battis des cils.

— Comment le public a-t-il réagi ?

— Un triomphe, avouai-je tout bas, les yeux au sol. Tout le monde debout. La salle crépitait sous les applaudissements. J'étais la première stupéfaite.

— Lena, tu te rends compte ? Notre fille a du talent !

— Et Shawn Carter, que faisait-il pendant que mademoiselle se taillait ce beau succès ?

— Comme les autres, j'imagine, répondit papa. Il s'était levé, il applaudissait.

— Exactement, confirmai-je.

Le désarroi de ma mère faisait peine à voir. Comme toujours, chez elle, il s'en fallait d'un rien pour le transformer en colère.

— Ce rendez-vous m'a tout l'air d'être d'un ratage complet ! fulmina-t-elle. Tu es montée sur scène, tu as chanté avec l'orchestre ?

Elle faisait part à haute voix de son étonnement intime. Rien de ce qu'elle avait entendu jusqu'à présent ne correspondait à son attente.

— Ice a passé une excellente soirée, commenta mon père. C'est là l'essentiel, n'est-ce pas ?

— Je suis fatiguée, murmurai-je. Papa, maman, faites de beaux rêves. Moi, je me sens très lasse. Je me démaquille et je file au lit.

— Le jazz, elle n'a que ce mot à la bouche, marmonna ma mère dans mon dos. Quand je sortais avec un garçon, j'en conservais des souvenirs plus exaltants.

— Pour ça, je te fais confiance, grommela son mari.

Elle fit face, prête à demander réparation pour des insinuations probablement injustifiées.

Avec douceur, je fermai la porte sur ce tête-à-tête orageux.

Le lendemain matin, j'espérais que ma mère aurait compris et tiré un trait sur Shawn Carter. Il n'en fut rien. Papa faisait la grasse matinée, je la trouvai seule à mon entrée dans la cuisine. Cinq minutes après mon arrivée, l'interrogatoire reprenait, là où elle l'avait laissé la veille. En l'absence de mon père, elle se sentait plus libre pour entrer dans les détails.

— Qu'avez-vous mangé ? Combien a-t-il déboursé ? Toi qui n'as jamais bu une goutte d'alcool, j'espère que tu n'as pas réclamé d'eau minérale ? On ne t'a pas demandé tes papiers, à l'entrée d'un club réservé aux adultes ? Avec ton physique, rien à craindre, cela va de soi.

J'étais sommée de répondre. La curiosité maternelle était justifiée, après tout. Je m'exécutai de bonne grâce.

— Sans me demander mon avis, Shawn a commandé un gin tonic pour lui et pour moi. En effet, je suis entrée sans difficulté. D'ailleurs, le vigile de service et lui semblaient être de vieilles connaissances. Inutile de le dire, j'ai trouvé cette boisson exécrable, je n'ai pas touché à mon verre. Si je dois recommencer l'expérience, j'emporterai une bouteille d'eau dans mon sac, j'irai me désaltérer aux toilettes.

Pour l'instant, je ne m'écartais pas de la vérité. Maman acquiesça. Elle ne put réprimer une moue réprobatrice.

— Tu n'as pas entièrement tort. Les hommes adorent voir les femmes lever le coude. Dans un seul but, leur faire perdre toute résistance. Il n'est pas interdit de s'humecter le gosier, à condition de savoir garder la tête froide. Il m'est arrivé, pour juger de l'intégrité morale d'un partenaire, de faire semblant d'être éméchée. Mais je n'ai jamais perdu le nord. Les autres filles éclusaient tant et plus, j'en suis sûre ?

J'en convins.

— Si je comprends bien, Shawn et toi avez passé toute la soirée au Kit-Kat ?

— Oui.

Trop vite, je détournai les yeux.

Ma mère connaissait la vie, je ne pouvais rien lui cacher.

— Il a insisté pour t'emmener ailleurs ?

— Exactement.

— Ice, dois-je continuer à t'arracher chaque mot ? C'est insupportable, à la fin ! Pourquoi ne pas me dire la vérité, une fois pour toutes ? Avez-vous seulement échangé deux phrases, ce garçon et toi ? Aucun terrain d'entente n'était-il possible ?

— Tout s'est bien passé pendant le trajet en voiture jusqu'au Club. Quand il a retrouvé ses amis, trois

— Où en étions-nous ? New York ! Balwin Noble, le collégien génial. Jamais entendu parler de lui, comment se fait-il ? Et d'ailleurs, pourquoi te relance-t-il ?

Je respirai à fond et pris place en face d'elle.

— Hier soir, je n'ai accepté de chanter qu'à la condition d'être accompagnée au piano par Balwin. Sa présence sur scène me rassurait. C'est un jeune musicien très doué. Il connaît très bien Barry Jones, il lui arrive souvent de jouer avec son quintette.

— Waouh, il doit avoir un sacré talent pour être admis parmi eux, fit observer papa.

— Ce talent, il l'a, j'en suis sûre, affirmai-je.

— Tant mieux pour lui, dit maman. Quel rapport avec toi ?

— Barry Jones l'a appelé ce matin. Un célèbre agent de New York se trouvait au Kit-Kat hier soir. Mon interprétation de *Lullaby* lui a plu. Il me propose de passer une audition dans la perspective de poursuivre ma formation dans une grande école spécialisée dans les métiers artistiques.

— Sérieusement ? s'exclama mon père. Nous devrions sabler le champagne !

— Qu'y a-t-il de si formidable dans cette fumisterie ? rétorqua ma mère. Ice va s'inscrire dans une école de New York ? As-tu une idée du prix que cela coûterait ?

Je connaissais trop maman pour ne pas deviner ce qu'elle ressentait. L'aventure superbement planifiée par ses soins prenait une tournure imprévue. La situation lui échappait. Ses yeux exorbités, ses lèvres pâles laissaient présager un éclat. Elle me toisa, comme elle savait si bien le faire quand tout était ma faute.

— Qui t'a raccompagnée, la nuit dernière ?

— Balwin.

— J'en étais sûre !

Mon père avait déjà tout compris. Il se détourna de sa chère omelette pour m'interroger du regard.

— Ice, que signifie ce galimatias, que s'est-il passé exactement ? L'impeccable soldat se serait-il mal conduit envers toi ?

— Comme je l'ai déjà dit à maman, il voulait quitter le Club pour aller terminer la soirée chez l'un d'entre eux, dans l'« intimité ». J'ai refusé, bien sûr. Shawn Carter l'a très mal pris. Maman, il s'est comporté comme le dernier des rustres. Il ne voulait rien entendre et mon attitude lui semblait incompréhensible. Il est devenu agressif et m'a plantée là. C'est ainsi, ils sont tous partis. Je me suis retrouvée seule.

Mon père serra les poings. Ses sourcils se rejoignaient presque. Ses yeux lançaient des éclairs.

— Il a fait ça ? Je t'avais prévenue ! cria-t-il, s'adressant à maman.

— Tais-toi, pour l'amour du ciel ! Laisse-lui une chance d'achever son récit.

— Ses trois copains étaient permissionnaires, comme lui, poursuivis-je. Tout le monde avait beaucoup bu, y compris les trois filles. Y compris Shawn. Personne n'a commandé le moindre repas.

Mon père acquiesçait à toutes mes paroles.

— J'en étais sûr, gronda-t-il. Confier notre fille au premier venu !

Maman le prit de haut.

— Tu avais prévu quoi, au juste ? Tu lis dans le marc de café, à présent ?

Assise, accablée, elle ne décolérait pas. Ses soupçons à mon égard n'étaient pas encore dissipés.

— Tu n'es pas restée là-bas figée comme un pantin, Ice, bouche hermétiquement close comme tu sais si bien le faire ?

— Pas du tout. Ses copains m'ont posé pas mal de questions, auxquelles j'ai toujours répondu. J'ai même dansé à différentes reprises, si cela peut te rassurer. Quant à leurs compagnes, elles affectaient d'ignorer ma présence. Aucune d'entre elles n'avait ce que tu appellerais le genre distingué, contrairement aux autres clients de l'établissement. Le Kit-Kat, m'a-t-il semblé, est fréquenté par des gens chics.

Mon père n'était pas résolu à en rester là.

— Tu imagines notre fille, abandonnée par son cavalier, seule à cette table ? Tout est ta faute !

Il avait tort, comment le lui faire comprendre ?

— Moi ? se récria ma mère. Tout ce que je voulais, c'était lui donner l'occasion de rencontrer des gens de son âge, de prendre de l'assurance à leur contact. Tu veux me mettre cet échec sur le dos ?

— Maman n'y est pour rien, assurai-je dans l'espoir de calmer les esprits. Shawn Carter n'est resté ici que quelques instants, il a très bien joué la comédie. Comment pouvait-elle deviner sa véritable personnalité ?

Papa commit l'erreur de vouloir obtenir le dernier mot. Avant de reporter son attention sur la poêle à frire, il marmotta une ultime remontrance.

— Une femme si imbue de sa vaste expérience aurait dû flairer le misérable. À sa place, il m'aurait suffi de deux secondes pour juger ce type à sa juste valeur.

Se saisissant de l'assiette posée devant elle, maman la jeta sur le sol, aux pieds de papa, où elle se fracassa. Il sursauta. Son bras heurta le manche de la poêle, celle-ci bascula. Contenant et contenu se retrouvèrent sur le carrelage.

Tout bien considéré, le mal n'était pas si grand : une assiette cassée, une excellente omelette de perdue. Pour mes parents, ce banal incident prit aussitôt les proportions d'une catastrophe. On aurait pu croire que le toit de l'immeuble venait de s'effondrer.

— Regarde ce gâchis ! hurla mon père. À cause de toi, une fois de plus.

— Cameron, je ne supporte plus tes sous-entendus odieux concernant mon passé, comme si tu m'avais tirée du caniveau. Combien de fois te l'ai-je dit ? Devant notre fille, par-dessus le marché !

« Tu lui as tellement monté la tête avec le jazz et sa jolie voix qu'elle se voit déjà en train de figurer en tête d'affiche, à New York. Cette histoire ne tient pas debout, nous en sommes tous conscients. Quant à toi, tu t'es comportée comme la débutante que tu es. Sortir avec un garçon et monter sur scène pour flirter avec le pianiste ! Shawn a dû se sentir ridicule. Évidemment, il t'en a voulu.

— Preuve de son étroitesse d'esprit, riposta mon père. Sa compagne remporte un grand succès. Il aurait dû se sentir flatté et l'en admirer davantage.

— Les hommes sensés ne raisonnent pas ainsi. Ils demandent à leur partenaire l'exclusivité de son attention. Qu'elle aille s'exhiber en compagnie des musiciens de l'orchestre tout en manifestant son intérêt pour un pianiste de quatre sous…

— Jamais je n'ai flirté avec Balwin Noble, répliquai-je avec force. Ce n'est qu'un camarade, il accompagne notre chorale, un point c'est tout. Il est doué, par contre, il a beaucoup d'avenir…

— Tu l'as déjà dit. Va au diable avec ton Balwin. Une collégienne ravie de retrouver un copain de classe plaque le type avec lequel elle sort. Voilà l'impression que tu as donnée à ces gens dont tu reconnais toi-même qu'ils étaient tous plus âgés, tous plus… expérimentés. Et moi qui avais tout misé sur cette soirée. Ice, tu as tout gâché.

Le ton virait aux lamentations. La mauvaise foi de ma mère était évidente. Le conte de fées fondé sur une idylle éventuelle avec le jeune frère de Louella Carter volait en éclats, plus violemment que l'assiette. Sans doute avait-elle su à quoi s'en tenir dès l'instant où la porte d'entrée s'était ouverte sur le permissionnaire. Tout le contraire du prince charmant.

Plutôt que de perdre la face, maman choisit une retraite précipitée. Tout l'immeuble entendit claquer la porte.

J'entrepris de nettoyer le sol.

— Elle s'en remettra, assura mon père. Tu as très bien agi, Ice, sur toute la ligne. Cette invitation à terminer la soirée chez l'un d'eux n'était qu'un piège sordide. Ta mère le sait aussi bien que moi. Elle est déçue. Elle se trompe. Sans son initiative, tu ne serais jamais allée au Kit-Kat, tu n'aurais pas fait la connaissance de Barry Jones, cet agent ne t'aurait pas remarquée.

À son tour, papa se berçait d'illusions, pensai-je. Tandis que je passais l'éponge et le chiffon, armée de la pelle et du balai, il ramassait les débris de faïence.

Tout était ma faute, en effet. Jamais je n'aurais dû accepter d'entrer dans le jeu de ma mère.

Balwin appela de nouveau en début d'après-midi. Il avait pu joindre M. Glenn au téléphone. Les renseignements fournis par celui-ci étaient éloquents. L'institution dirigée par Mme Senetsky avait une telle réputation de sérieux et d'exigence que seuls une demi-douzaine de postulants étaient admis chaque année.

— En fait, il s'agit d'un pensionnat, expliqua Balwin. Les élèves sont pris en charge, entièrement. On leur enseigne non seulement à devenir les meilleurs dans la discipline choisie, mais l'art et la manière de s'habiller, de s'exprimer, de se comporter au cours des circonstances de la vie professionnelle, d'acquérir une vraie présence scénique. Les diplômés sont tous embauchés à Broadway, ils envahissent le grand et le petit écran. À la sortie de l'école, ta carrière est conduite tambour battant par l'agence d'Edmond Senetsky, le fils. Efficacité garantie. Acteurs, chanteurs, instrumentistes, danseurs, mannequins, si la mère décèle en toi un talent véritable qui ne demande qu'à s'épanouir et la volonté nécessaire, ton avenir est assuré. Ice, M. Glenn est catégorique. Pour lui, la présence d'Edmond Senetsky au Kit-Kat constitue pour toi une chance inouïe. Ce serait folie que de laisser passer une telle occasion. Il faut la saisir à bras-le-corps, faire le maximum pour séduire Mme Senetsky. Je t'aiderai.

Mal remise de la rixe parentale dont les conséquences avaient fait entrer la maison dans la saison des grands froids, je tergiversai d'une voix tremblante. Enfermé dans le salon, papa lisait pour la dixième fois le même journal; maman était allongée, une sorte de voilette sur le front.

— Quelque chose ne va pas ? s'enquit Balwin.

— Tout va bien, affirmai-je très vite.

— Écoute, cette histoire est un peu précipitée, mais que dirais-tu de passer à la maison ? Nous pourrions effectuer un premier tri parmi les morceaux que tu souhaiterais travailler. Je pense à l'audition, bien sûr. Tu aurais tort de prendre la proposition de Senetsky à la légère, Ice. C'est très important pour toi.

Je restai coite.

— Tu connais mon adresse, bien sûr ?

— Pas du tout. Comment la connaîtrais-je ?

Je pris note. Il m'indiqua l'itinéraire le plus rapide.

— C'est à dix minutes à pied, tout au plus.

Balwin vivait dans un quartier agréable où j'avais peu l'occasion d'aller. En dehors de lui, personne de ma connaissance n'avait le privilège d'y habiter. La veille au soir, tout en ingurgitant une pizza margharita il m'avait longuement parlé de lui-même, de sa vie familiale. Son père et sa mère travaillaient tous deux. Il était agent financier, elle tenait un cabinet dentaire. Enfant unique, comme moi, il était affligé d'un appétit boulimique dont il souffrait, sans effort apparent pour y remédier. Un mètre quatre-vingt-cinq et trente kilos de trop. Dommage, il eût été séduisant avec ce visage aux traits réguliers, sensibles, ses yeux sombres qui entraient droit en vous, toujours porteurs d'un message intelligent.

Son élégance vestimentaire lui attirait les moqueries de ses camarades de classe. Monsieur Noble, l'appelaient-ils, et tous de se délecter à prononcer le « Monsieur » comme une insulte. Certains professeurs lui donnaient aussi du Monsieur Noble, sans ironie.

Ils exprimaient ainsi leur considération pour un élève surdoué, subtil, ambitieux, d'une politesse scrupuleuse.

Je me décidai sur un coup de tête.

— C'est bon. J'arrive.

— Formidable ! Nous allons rire et travailler.

Il raccrocha sans me laisser le temps de changer d'avis. J'esquissai un sourire, le premier depuis une éternité.

Après avoir enfilé ma veste, je criai à l'intention de mes parents :

— Papa, maman, je vais faire un tour !

— Rapporte une bouteille de lait si tu vois une épicerie ouverte, gémit ma mère d'une voix mourante.

L'un et l'autre devaient penser que j'allais effectuer ma promenade dominicale, à seule fin de me dégourdir les jambes et de faire un peu de lèche-vitrines.

C'était une de ces journées grises et taciturnes à l'apparence d'aube. Il faisait frais pour la saison, le printemps émergeait lentement des barbouillis laborieux qui l'annonçaient. L'hiver s'incrustait. Avec ses giboulées, le calendrier avait tourné le mois d'avril comme une page maussade. Une seule journée, d'un bleu pur, avait élevé la température et rendu l'espoir de la lumière. Aujourd'hui, le thermomètre était redescendu à quinze degrés. Les passants se hâtaient. Certains, trop légèrement vêtus, allaient le buste penché en avant, les épaules remontées, les poings dans les poches. La persistance du froid et de la grisaille alimentait la mauvaise humeur. Les pensées, les propos accusaient le sentiment d'une injustice. L'air même était devenu l'ennemi. Accablé sous des amoncellements de nuages, giflé par le vent du nord, le pauvre monde se sentait floué. La nature punissait les hommes pour des fautes qu'ils n'avaient pas commises, parole d'honneur.

J'avais passé un pull bleu sur ma jupe plissée, enfilé des bottes noires à talons hauts, un peu trop, peut-être, pour une fille de ma taille. Qu'importe, le fait de paraître grande, très grande, me procurait un sentiment de sécurité. Plusieurs automobilistes sifflèrent ou lancèrent des gaudrioles. J'évitais de tourner la tête. Si on a le malheur de les regarder, ces guignols s'imaginent aussitôt que c'est dans la poche. Ils se rabattent le long du trottoir et vous suivent sans vergogne, la bouche pleine de propos de plus en plus lestes. Enfin, ils perdent patience, vous insultent et déguerpissent.

Lorsque je tournai sur la droite pour m'engager dans la rue de Balwin, une rafale me cueillit de plein fouet, si violente que les larmes me vinrent aux yeux. Je pressai le pas, tête baissée, entre deux rangées de pavillons coquets, embusqués derrière leur pelouse. J'aperçus des arbres, des haies taillées au cordeau. Arrivée devant chez lui, je courais presque. Vivement, je gravis les marches, pressai la sonnette.

La porte s'ouvrit à l'instant même, à se demander si Balwin n'avait pas campé dans le vestibule dans l'attente de mon arrivée.

Il jeta un coup d'œil par-dessus mon épaule sur le contenu des poubelles répandu par les bourrasques sur les pelouses et la chaussée.

— Quel temps de chien ! Entre vite.

Je respirai à fond, comme toujours avant une épreuve. Oui, confirmai-je d'un hochement de tête. Un temps de chien.

Contrairement à son habitude, ce garçon si pondéré paraissait fatigué, nerveux. Il se mit à parler beaucoup trop, sur un débit rapide. Intimidé ? Je n'étais pourtant pas la première fille qu'il recevait chez lui.

— Mon père avait proposé de m'acheter une voiture, j'aurais dû prendre l'offre au sérieux. Hélas, il y avait une condition à la clé. J'étais censé perdre du poids. Pour chaque kilo envolé, il s'engageait à déposer une somme sur un compte ouvert à mon nom pour l'occasion. Je devais me peser chaque matin devant lui, avant son départ. Il tenait le compte méticuleux de mes progrès. Au bout d'une semaine, j'avais cessé de remplir ma part du contrat. (Il haussa les épaules.) Je me moque d'avoir ma propre voiture.

Il me dévisagea, souriant. Un charmant sourire.

— L'appel du réfrigérateur fut le plus fort. C'est regrettable, n'est-ce pas ? J'aurais pu passer te prendre. Pour me punir de ma mauvaise volonté, mon père refuse de me prêter sa voiture. Aujourd'hui, ils ont pris celle de ma mère, avec laquelle je t'ai reconduite la nuit dernière. Ils sont allés passer la journée à New York. Shopping, un spectacle à Broadway suivi d'un dîner aux chandelles. Le grand jeu. Sans doute mon père a-t-il quelque turpitude à se faire pardonner. Passe-moi ta veste, veux-tu ?

Je grelottais. Sans me faire prier, je lui tendis le vêtement qu'il suspendit dans la penderie du vestibule. Il m'était arrivé, en de rares occasions, d'être invitée au domicile de telle ou telle camarade. Chaque fois me revenait en mémoire l'insistance de ma mère à nous faire déménager. Chaque fois, je devais reconnaître le bien-fondé de ses arguments. Un logement spacieux, imperméable aux odeurs, aux rumeurs venues des appartements voisins. Sans cloisons insonorisées, répétait maman, il n'était pas d'intimité possible.

Le pavillon de la famille Noble était grand, décoré avec élégance. Le mobilier en bois clair, dans le style simple et rustique des pionniers (et qui fait fureur à Cape Cod), s'égayait de tapis artisanaux de couleurs vives, de lampes posées sur des tables basses, de rideaux de tweed passés dans des tringles en cuivre. Un lustre du même métal était suspendu au-dessus de la table de cuisine en bois de pin.

— Que dirais-tu d'un thé ou d'un café ?

— Un thé, si cela ne te dérange pas.

— Lait, sucre ou miel ?

— Sans lait, une cuillerée de miel. Merci.

— Excellent. Les chanteurs devraient tous s'en tenir à ce genre de boisson. (Il m'adressa un autre sourire engageant.) Thé, eau minérale. Des litres d'eau minérale. Le diététicien me l'a répété cent fois. Bon pour la ligne et pour le moral.

Je regardai autour de moi. Four à micro-ondes, lave-vaisselle. Carreaux de faïence ocre pâle, sol dallé. Après avoir rempli une tasse d'eau, Balwin y laissa tremper le sachet de thé.

— Tu as oublié de faire bouillir l'eau, m'étonnai-je.

Il s'esclaffa, sans la moindre forfanterie.

— Ne t'inquiète pas. Si tu attends quelques instants, ce robinet te donnera de l'eau à quatre-vingt-dix degrés.

Les mains en coupe autour de ma tasse, je sentis la chaleur.

— On n'arrête pas le progrès, murmurai-je.

Que dirait ma mère, mise en présence de toutes ces merveilles ?

— Suis-moi, je vais te faire les honneurs de mon studio, reprit-il, avec cette fois une note de fierté dans la voix. Ce n'est pas grand-chose, mais je n'en suis pas mécontent.

De retour dans le vestibule, nous descendîmes une volée de marches jusqu'à une immense pièce aux parois revêtues de boiseries de chêne clair, le sol recouvert d'un gigantesque tapis berbère.

Sur la gauche, le piano. En face, un bar flanqué de ses tabourets. Un poste de télévision et son magnétoscope étaient encastrés dans le mur. Le coin salon n'avait pas été oublié : canapé de cuir, deux immenses fauteuils de toile et métal, ultramodernes. Le mur du fond était tapissé du sol au plafond par des rayonnages supportant cassettes, microsillons, compacts. La chaîne hi-fi et le magnétophone à bandes occupaient le bas.

— Les enceintes ont une puissance de quatre cents watts, précisa-t-il. Enregistrement multipiste, possibilité de montage et de mixage numérique, seize pistes, vingt-quatre unités digitales.

Mon visage devait exprimer l'ébahissement. Il éclata de rire.

— Excuse-moi. Je me laisse emporter par la langue de bois. Je me délecte à prononcer certains mots. Mon côté gamin, sans doute.

— Je n'y connais pas grand-chose, confessai-je bien inutilement.

— Aucune importance. Tout cela pour dire que ce matériel est capable d'enregistrer ta voix sur un compact de haute définition. Si d'aventure Edmond Senetsky voulait avoir un échantillon.

— C'est un luxe, murmurai-je. Je n'ai pas les moyens de me l'offrir.

Sur son visage, une seconde auparavant rayonnant d'enthousiasme, se peignit soudain une expression de surprise, presque d'offense. Ma remarque l'avait choqué. Étais-je donc si gourde, si insensible ? L'incorrigible gaffeuse, capable de décourager les meilleures volontés ? À nouveau, je songeai à ma mère.

— Il n'est pas question d'argent entre nous, Ice. J'ai un studio, je le mets à ta disposition, c'est tout.

— Pourquoi ?

De son point de vue, la chose allait de soi. Mon insistance ou ma naïveté le troublèrent, l'espace d'un instant. Puis il se tourna vers son piano. L'humour éclaira ses yeux.

— J'aime le jazz, mais pas seulement. J'aime la musique en général, du moment qu'elle est bien faite, par des gens qui ont ça dans le sang. Au collège, nous sommes deux à le comprendre, toi et moi. Cette raison te semble-t-elle suffisante ?

Sans attendre ma réaction, il se mit au piano, feuilleta une partition.

— Viens jeter un coup d'œil. J'ai cherché dans ma collection plusieurs morceaux dont j'ai pensé qu'ils te plairaient et correspondraient à tes capacités vocales du moment.

Posant la tasse de thé encore fumante sur le coin du bar, je le rejoignis. À mon tour, j'examinai les différentes compositions soumises à mon choix. L'une d'elles ranima d'agréables souvenirs. *Birth of the Blues*. Mon père adorait la version qu'en donnait Frank Sinatra.

— Qu'en penses-tu ?

Balwin opina.

— Je l'aurais parié. Faisons un essai.

Ses doigts coururent sur le clavier. Je n'avais pas besoin de partition, pour avoir accompagné Sinatra des dizaines de fois à la maison.

— Prends ton temps. (Il rejoua les premières mesures.) Quand tu te sens prête, tu attaques.

Nous l'interprétâmes de bout en bout.

— Pas mal, fit-il. Mais tu as des progrès à faire avant que nous n'en ayons fini.

Je pouffai de rire.

— On jurerait M. Glenn, les jours où il est mal luné, ou que la chorale a multiplié les couacs.

Balwin prit l'air féroce.

— Exactement. Je serai impitoyable envers toi. Recommençons. Tu la chantes une demi-douzaine de fois pour te mettre en voix. Nous enregistrons, nous écoutons. Ensuite, nous ferons les corrections que nous estimerons nécessaires.

J'acquiesçai. J'avais confiance en lui. Je pouvais me détendre et formuler des objections, donner mon avis. Balwin, comme promis, me proposait une vraie séance de travail. Rien ne pouvait me réconforter davantage après la triste matinée passée à la maison. Je lui souris.

— Quand tu voudras.

La veille, pendant notre halte au restaurant, il s'était donné beaucoup de mal pour me faire oublier ma déconvenue, l'abandon humiliant dont j'avais été victime de la part de mon cavalier. Tout d'abord, mettant ma morosité sur le compte d'un dépit sentimental, il m'avait interrogée sur la durée de ma liaison avec Shawn Carter. Il ne fit rien pour dissimuler sa surprise et son soulagement lorsque je lui révélai que cette rencontre, la première, resterait sans suite.

À présent, ses mains abandonnèrent les touches. Il me dévisagea.

— J'ai d'excellentes relations avec certains camarades de classe, bien sûr, avait-il enchaîné. Personne que l'on puisse appeler un ami, cependant, encore moins une petite amie. Aussi suis-je mal renseigné sur la vie sociale des uns et des autres, d'où mon étonnement de te voir franchir la porte du Kit-Kat. Quels clubs fréquentes-tu d'habitude ?

— Aucun, avouai-je.

— Comment ça, aucun ? Où vas-tu lorsque tu passes la soirée hors de chez toi ?

— À vrai dire, je sors très peu.

Mes réponses semblaient le combler d'aise. Il riait sous cape.

Je feignis l'innocence.

— Qu'est-ce qui te rend si joyeux ?

— En fait, nous avons beaucoup de points communs, répliqua-t-il. Jusqu'à présent, j'attribuais ta discrétion, ta réserve au collège au fait que tu nous prenais tous pour des adolescents attardés, stade que tu avais toi-même dépassé depuis longtemps. Il m'a donc semblé naturel de te voir en compagnie de ces soldats.

Je le dévisageai, intriguée. Balwin se moquait-il, ou bien mon attitude distante donnait-elle lieu à des interprétations et commentaires semblables chez d'autres élèves ? Je tombai des nues.

Conscient de mon désarroi, il s'empressa d'ajouter :

— Si tu étais à l'affût d'un compagnon pour t'emmener danser le samedi soir, il te suffirait de claquer dans tes doigts, voilà ce que je voulais dire.

Cette fois, je ne pus réprimer un mouvement d'humeur. Pourquoi s'acharnait-on – à commencer par ma mère – à faire de moi un être d'exception ?

— Balwin, il ne m'est jamais venu à l'idée de me considérer comme supérieure aux autres. Différente, peut-être, mais pas nécessairement dans un sens favorable.

Il laissa s'écouler un long silence. Puis, d'une voix bienveillante :

— Que tu le veuilles ou non, Ice, ta singularité te distingue immédiatement du commun des mortels. Dans le bon sens du terme.

S'efforçait-il encore de me remonter le moral ? N'avait-il pas plutôt reconnu en moi une semblable, une sœur en solitude, quelqu'un que les autres condamnaient à se sentir toujours à côté, en dehors, ailleurs ? Peut-être, tout compte fait, n'avait-il jamais invité chez lui un seul condisciple. J'étais la première fille, certainement, me soufflait mon intuition.

Dans la foulée, le doute s'insinua.

M'avait-il proposé de « faire un saut » en raison de mes qualités vocales, dont il était convaincu ? Avec l'intention généreuse de me faire profiter de son expérience, de ses installations sophistiquées, pour enregistrer un compact, un « échantillon » destiné à Edmond Senetsky, pour reprendre son expression, et me faire travailler dur ?

Comme par hasard, ses parents étaient absents. Excellente occasion pour demander à la plus jolie fille de la chorale de visiter son studio.

Tout allait si bien. Quel besoin avait-il eu de me ramener en face de cet aspect encombrant de moi-même, cette fameuse originalité qui faisait le désespoir de ma mère ?

Balwin avait enclenché l'engrenage du soupçon.

Délire paranoïaque, chuchotait ma conscience. Méfie-toi de Ice Goodman !

Les jeunes filles, en principe, raffolent des compliments, surtout lorsqu'ils sont sincères. Pourquoi ne pas accepter celui-ci, en toute simplicité ? Quel démon me tourmentait ?

La peur de m'engager dans le sillage maternel ?

Cette question, maman n'aurait pas manqué de la poser.

Dans mon for intérieur, avais-je peur, au contraire, de ne pas lui ressembler suffisamment, d'être à jamais privée de cette énergie, de cette fringale de vie qui la poussait à renâcler sans cesse ?

Silence. Imposer le silence à ces divagations. Chante. En ce qui te concerne, tu l'as toujours su, c'est l'unique planche de salut.

CHAPITRE V

LE CHANT DU DÉPART

Cette première répétition avait donné des résultats encourageants, selon mon diagnostic personnel. Balwin, pour sa part, témoignait d'un enthousiasme inexplicable. « Géniale », « Talent incomparable », ces adjectifs, ces formules outrancières lui venaient spontanément. Louanges excessives qui cherchaient à me rassurer, à stimuler mon amour-propre et mon zèle, seule explication plausible.

La vie d'un artiste de jazz était loin d'être un long fleuve tranquille. Mon père m'avait conté maintes anecdotes sinistres sur la déchéance de stars ou celle de musiciens, de chanteurs d'un calibre plus modeste qu'il avait bien connus dans sa jeunesse. Les capacités, ils n'en manquaient pas. Leur vie s'était achevée en cul-de-sac après leur avoir refusé le répit dont ils auraient eu besoin de temps à autre. Confinés dans la malédiction des perdants, ils avaient peu à peu lâché prise.

— Parce que le déclin est plus facile que la lutte, parce que vient le moment où le public devient trop exigeant, les collègues se transforment en bourreaux. Ice, le jazz peut devenir un enfer. On accuse le destin, la guigne, la poisse ; on se livre pieds et poings liés à la médiocrité ; on dilapide son talent. Le feu sacré s'éteint sous la cendre. L'artiste promis à un grand avenir s'écroule dans un coin d'ombre et n'en sortira plus. L'alcool et la drogue auront raison de lui.

Il en parlait avec tant d'émotion que je m'interrogeais parfois sur ses ambitions passées. La vérité me fut enfin révélée, enveloppée de pudeur et de modestie. Encouragé par son professeur, papa avait caressé le rêve d'une carrière de trompettiste à laquelle il n'avait jamais fait allusion devant moi. Ma surprise fut d'autant plus grande. Ce jour-là, farfouillant au fond d'un tiroir, papa en extirpa l'embouchoir de l'instrument.

— Tout ce qu'il reste d'un fantasme de jeunesse, murmura-t-il. Il m'arrive de le prendre et de souffler, dans mes accès de nostalgie.

Cette trompette était un cadeau de sa grand-mère maternelle.

— Qu'est-elle devenue, papa ? Pourquoi ne pas avoir continué ?

Son regard s'assombrit sous l'effet de la colère. Il secoua la tête.

— Mon père m'a obligé à la mettre au clou. J'ai prétendu avoir perdu l'embouchoir. Il m'a flanqué une raclée pour la peine.

— Qu'importe, tu aurais pu faire appel à ta grand-mère, lui expliquer, racheter l'instrument en cachette. Tu aurais pu apprendre à jouer avec l'aide de ton professeur. Pourquoi avoir capitulé si vite ?

Sa réponse se fit attendre. Cette question, il avait dû se la poser mille fois. Il voulait offrir à sa fille une explication sincère, rationnelle.

— La peur, dit-il enfin. La peur de devenir un accro de la trompette, la peur qu'elle envahisse tous les aspects de mon existence. J'en serais arrivé au point de ne plus pouvoir vivre sans elle. Je serais devenu son esclave. J'aurais tout sacrifié à cette fichue trompette. Ce risque, une vie de professionnel, avec tous les aléas qu'elle comportait, j'ai refusé de le prendre. Ai-je eu tort, je ne le saurais jamais.

Je n'avais jamais connu l'aïeul, décédé dans ma petite enfance. S'il s'était trouvé vivant aujourd'hui, après cet aveu de mon père, je n'aurais pu le regarder sans mépris. En revanche, je ne décelais aucune animosité, aucune hostilité dans la voix de papa.

— Qu'as-tu ressenti sur le moment, lorsque grand-père t'a donné l'ordre incroyable de vendre ce à quoi tu tenais le plus ? De la haine ?

Sur le visage de mon père s'épanouit une expression d'une douceur étonnante.

— J'étais très jeune, encore. À quoi cela m'aurait-il servi de haïr mon père ? Il avait d'autres soucis en tête, la passion intime de son fils, il s'en moquait. Il ne savait qu'une chose. (Son sourire s'élargit.) Nous étions pauvres. Cet argent serait le bienvenu pour nourrir une bouche affamée.

Cette confidence me donna à réfléchir sur les secrets enfouis en chacun d'entre nous, toujours palpitants et douloureux malgré le temps. Désirs inassouvis, aspirations refoulées. De ces zones d'ombre s'exhalaient les vrais silences, ceux que l'on n'osait jamais troubler. L'angoisse me saisissait, songeant à mes propres tâtonnements intérieurs concernant mes projets artistiques. Devenir une chanteuse à succès : folie ! Dans quelle galère allais-je me mettre ?

Mes incertitudes au sujet de mon talent et de mes intentions expliquaient sans doute pourquoi je saluais les compliments jugés très exagérés de Balwin d'un hochement de tête et d'un « Merci » articulé du bout des lèvres, le tout accompagné d'un certain petit air donnant à penser que je n'étais pas dupe. Il ne faisait rien d'autre, en somme, que de donner un coup de pouce salutaire à la petite débutante.

Mon camarade le prit très mal. Pour la première fois je vis s'inscrire sur son visage naturellement débonnaire une expression d'impatience qui ne demandait qu'à se transformer en exaspération.

— Je suis sincère, insista-t-il avec force. Tu entreras dans cette école, tu feras une grande carrière. J'aime trop la musique pour me tromper ou te bercer d'illusions sur un sujet aussi important que ton avenir. Cela n'aurait pas de sens. Une chose est certaine, cependant : tout dépend de toi. Il n'arrivera rien si tu n'y mets pas du tien.

— Excuse-moi. Du fond du cœur, merci de placer en moi une telle confiance. Je ne suis pas certaine d'en être digne.

Il fut convenu d'un second rendez-vous chez lui. Craignait-il que je ne me ravise ? Était-ce de sa part un simple réflexe de superstition ? Il n'en fut jamais question au collège où d'ailleurs il faisait de son mieux pour m'éviter. Pure modestie vis-à-vis d'une fille, décidai-je en fin de compte, un peu étonnée devant cette attitude. Victime d'inhibitions plus profondes que les miennes, s'il était possible, Balwin se servait de la musique comme d'un bouclier pour le garantir de toutes les agressions. C'était, en même temps, son unique moyen de communication. Privé de musique il devenait, comme moi, incapable de s'exprimer.

Même à l'occasion de la répétition de notre chorale, il ne m'adressa que quelques mots insignifiants.

— À plus tard, déclarai-je ce jour-là.

Il hocha la tête et se détourna aussi vite que possible, de peur que quelqu'un n'eût entendu, peut-être.

Ce soir-là, maman dînait en ville avec deux amies, papa assurait de nouveau le service nocturne. Certaine d'être de retour avant eux, je ne pris pas la peine de laisser un mot pour signaler mon absence, leur donner le numéro de téléphone et l'adresse de Balwin.

De même que la première fois, je sonnai et la porte s'ouvrit comme par enchantement.

— Salut.

J'entrai.

Il semblait dans un état de grande nervosité. Sans un mot, il se dirigea vers l'escalier conduisant au studio.

Nous étions sur le point de descendre lorsqu'un homme de haute taille, la silhouette élancée, s'encadra sur le seuil du salon. Une calvitie précoce réduisait ses cheveux gris à une tonsure presque monacale. Un exemplaire du *New York Times* était plié sous son bras. Il portait une veste d'intérieur en soie bordeaux, des pantoufles assorties. Le fils avait hérité du nez droit, des oreilles finement ourlées, de l'élégance générale des traits du visage.

Pour obtenir, à cette heure tardive, un menton aussi lisse, M. Noble devait s'épiler avec le soin maniaque que maman consacrait à l'entretien de ses sourcils. Ou se raser plusieurs fois par jour.

— Qui est-ce ? demanda-t-il, sur un ton d'austère sévérité.

Son regard m'avait effleurée.

Balwin me jeta un bref coup d'œil, comme s'il venait de se faire pincer dans l'acte criminel d'introduire chez lui une marchandise de contrebande. La terreur apparut sur son visage. D'instinct, il remonta les épaules et parut se tasser sur lui-même. Gardait-il le souvenir d'une enfance battue ?

— Ice Goodman, fit-il dans un murmure. Une camarade de classe.

— Ice, vraiment ?

Balwin trouva le courage de lever les yeux sur son père. Il acquiesça.

— Si tu souhaites inviter chez nous un ami ou une amie, pourquoi ne pas prévenir tes parents et nous présenter la personne en question, au lieu de filer en catimini dans ton repaire ?

Bonne question, pensai-je. Le fils ne trouva rien à répondre.

— En catimini ? Nous étions sur le point…

La phrase resta en suspens.

— Sur le point ? répéta M. Noble.

Balwin s'interposa entre nous.

— Ice, voici mon père. Papa, je te présente Ice Goodman. Une vieille connaissance. Elle chante dans notre chorale depuis toujours.

M. Noble ne jugea pas nécessaire de m'accorder un second regard. L'échange se passait exclusivement entre lui et son fils.

— Hum, fit-il. Puis-je savoir ce que vous envisagez de faire, dans ce sous-sol ?

— Ice est ici pour travailler. En fait, il s'agit d'une répétition.

Le mot, sans doute rassurant dans l'esprit de Balwin, produisit sur son père un effet désastreux. Sa physionomie se fit méfiante, presque méprisante.

— Une répétition, avec un seul membre de votre chorale ? Je croyais comprendre que les répétitions avaient lieu au collège ?

Cette fois, alors que les questions continuaient de s'adresser à Balwin, l'homme en veste de soie daigna m'examiner, tout au moins me parcourir le visage d'un regard rapide et inquisiteur qui était censé me faire froid dans le dos. Je le soutins sans difficulté. C'était chez moi une longue habitude.

— C'est une répétition d'une autre nature, précisa Balwin.

On ne pouvait être plus maladroit. M. Noble ébaucha un sourire.

— Tiens donc. Pourrais-je en savoir plus ?

J'aurais pu répondre, Balwin ne m'en laissa pas le temps.

— Ice envisage de passer une audition pour entrer dans une école spécialisée. Le niveau y est très élevé, les conditions d'admission exigeantes. Elle a du talent, beaucoup de talent. Je compte l'aider de mon mieux.

M. Noble ne trouva pas d'objection à formuler. À la réflexion, toutefois, il éprouva le besoin d'invoquer un argument plausible, le seul, à l'appui de sa désapprobation évidente :

— Naturellement, tes devoirs du soir sont terminés ?

— Naturellement, monsieur.

M. Noble se tourna vers moi.

— Peut-on savoir pour quel établissement vous préparez cette audition ?

J'allais le renseigner. À nouveau, sottement, Balwin me prit de vitesse.

— La célèbre institution Senetsky, à New York.

— C'était à ton invitée que s'adressait la question, rétorqua le père. Elle chante, dis-tu, mais je n'ai pas encore eu l'occasion d'entendre sa voix.

— Il m'a semblé préférable…

Le regard de papa lui coupa le sifflet. Dans cette maison, semblait-il, la soumission filiale était fondée sur la crainte.

— L'agent de Mme Senetsky m'a entendue chanter par hasard, déclarai-je le plus calmement du monde. Il a laissé ses coordonnées. Je ne suis pas prête, il s'en faut de beaucoup, à me présenter devant Mme Senetsky. En qualité de pianiste de notre chorale, Balwin connaît mes capacités. Il peut m'être d'un grand secours.

Le regard hautain s'était déjà détourné. Il cingla Balwin comme la mèche d'un fouet.

— Je vois. Je vois très bien. Ta mère souffrait d'une violente migraine, tout à l'heure. Tâchez de rester discrets.

— Nous n'y manquerons pas, monsieur.

Le père effectua un demi-tour réglementaire. Il réintégra le salon dont il ferma la porte.

Le fils laissa échapper un immense soupir.

— Descendons, dit-il simplement.

— Écoute, je ne voudrais pas semer la zizanie entre vous, déclarai-je, sans bouger.

— Tu fais allusion à l'apparition du comte Dracula ? Je ne l'aurais pas cru capable de retrouver si vite le sens de l'humour. Aucune importance. Mon père se moque du jazz, mes compositions ne l'intéressent pas. Il prend plaisir à ressasser le parcours d'obstacles que doit franchir un artiste avant d'espérer un début de reconnaissance. Ce studio, je l'ai acheté avec mes propres deniers, glanés ici ou là, et l'argent que ma mère a bien voulu me donner. Elle croit en moi. S'il te plaît, n'oublie pas de refermer la porte.

Sans se retourner, il dégringola les marches. Il n'avait qu'un désir, s'installer devant son piano.

Après un dernier coup d'œil sur le salon où s'était calfeutré l'énigmatique personnage, je descendis à mon tour.

— Quand j'aurai vendu mon premier disque; quand les clubs et les salles de concert me réclameront; quand l'argent commencera à rentrer, autrement dit, mon père verra mes « lubies » d'un autre œil.

Je l'écoutai à peine, absorbée par la préparation intérieure qui préludait à toute répétition. Que cesse en moi la confusion des sentiments, que se lève et s'avance la joie sans laquelle le chant perdrait sa raison d'être. La séance commença dans une paix relative. À chaque crescendo, je songeais à l'agacement de M. Noble, là-haut, plongé dans la lecture ardue des analyses élucidant le pourquoi de la fragilité boursière. Un freluquet, comparé à mon père, pourtant il émanait de cet homme une impression glaçante. Il inspirait une antipathie immédiate. En voilà un que l'on aurait dû baptiser « Ice », pensai-je en me remémorant le regard dur, aigu, strict, pareil à une lame d'acier.

— Tu te retiens, fit observer Balwin au terme du second essai. Ne crains rien et donne-toi à fond. Leur chambre est située à l'autre extrémité de la maison. Ma mère ne peut rien entendre. Quand bien même lui parviendraient quelques décibels, elle ne s'en plaindrait pas, contrairement à ce qu'il prétend.

— Encore une fois, je ne suis pas rassurée. Je ne veux pas t'attirer d'ennuis.

— Encore une fois, ne songe qu'à ton travail, chante comme si nous étions seuls au monde. Je voudrais pouvoir enregistrer un disque au plus vite. Il te servira de carte de visite.

Une telle assurance me galvanisa, à la satisfaction de Balwin. Il souriait, tout en pilonnant les touches.

— C'est mieux, beaucoup mieux, approuva-t-il.

Il fit défiler la bande, sans ménager les observations et les critiques.

— Ce passage, là, manque de puissance, d'autorité. On jurerait que tu as oublié du lait sur le feu. Tu clames ta souffrance, Ice, tu te révoltes contre l'injustice du destin. Ta voix doit exprimer des sentiments extrêmes.

Sans même s'en rendre compte, Balwin adoptait le ton et même certaines expressions de M. Glenn lorsqu'il réprimandait sa chorale. Il remarqua mon sourire fugitif.

— Mes reproches te semblent injustifiés ? demanda-t-il, soupçonneux.

— Au contraire. Je ne suis pas une ménagère. J'incarne l'éternel féminin victime des injustices d'un monde conçu par et pour les hommes. Allons-y.

Nous recommençâmes, à trois ou quatre reprises. Une fois l'enregistrement écouté, commenté, mon accompagnateur me proposa une tasse de thé.

— Rien de plus facile. Le bar est équipé d'un four à micro-ondes.

J'acceptai. Tandis qu'il s'affairait, je fis le tour du studio. J'examinai les affiches, les livres contenus dans la petite bibliothèque, ouvrages musicaux, pour l'essentiel. Le jazz se taillait la part du lion, histoire, technique, biographies de plusieurs géants. Quelques romans noirs. Quelques recueils de poésie.

Une demi-douzaine de photos retinrent mon attention.

— Ta mère est ravissante, fis-je remarquer.

— Elle a pris beaucoup de poids depuis ce portrait, pourtant pas très ancien. J'ai reçu en partage, j'en ai peur, sa tendance à l'embonpoint. (Après un silence, il précisa :) D'une manière générale, nous sommes très proches l'un de l'autre.

Il resta derrière le bar, posa les deux tasses sur le comptoir. Après m'être juchée sur un tabouret en face de lui, j'ajoutai à mon thé une demi-cuillerée de miel parfumé à la lavande. Balwin m'observait, songeur.

— Mon père fait preuve, dans tous les aspects de son existence, d'une précision maniaque. La nourriture, en particulier, l'obsède. Il se flatte, à juste titre, de ne pas avoir pris un gramme, depuis vingt ans. Mes kilos superflus le désespèrent. Si jeune, dit-il, si peu soucieux de son esthétique ! Quelle honte ! Il n'a pas entièrement tort, sans doute. À différentes reprises, par la carotte ou le bâton, il a tenté de m'imposer un régime draconien. Un verre de jus de pomme en guise de petit déjeuner, mes rations du soir pesées sur une balance.

Songeant à ma mère, je ne fis pas de commentaire. Comment aurait-elle réagi, en face d'une fille obèse ?

Balwin se dérida.

— Le résultat fut catastrophique. Je me bourrais de sucreries en douce. Je mangeais comme un ogre à la cafétéria du collège. En l'espace de quinze jours, j'avais pris du volume. Il est allé jusqu'à fouiller dans ma chambre, comme un flic à la recherche de sachets d'héroïne. Qu'a-t-il découvert ? Deux malabars et des boules de gomme. Sa colère fut terrible. Il fit installer une serrure sur mon piano, menaça de vendre tout mon matériel si je ne perdais pas dix livres dans la semaine suivante.

Pourquoi ces confidences ? me demandai-je, indécise. Cherchait-il, en me révélant les secrets les plus embarrassants de son existence, à créer entre nous un lien irréversible ? Il n'avait encore posé aucune question sur ma famille, les rapports que j'entretenais avec mes parents. Le cas échéant, que lui dirais-je ?

— Ma mère était bouleversée, enchaîna-t-il. Elle tempêtait contre une sanction jugée disproportionnée et dont elle affirmait qu'elle ne résoudrait tien. En fin de compte, pour ramener le calme à la maison, j'ai dû m'exécuter. Mon père avait gagné. Maigrir, c'est comme le reste. Une affaire de volonté, exclusivement. Allégé de cinq kilos, je retrouvai mon piano. Grave erreur de la part de papa. Quinze jours plus tard, j'avais récupéré mon poids antérieur. Levant les bras au ciel, mon père déclara qu'il se désintéressait de moi.

« Jusqu'à présent, mis à part de vagues questions concernant mes études, il a tenu parole.

Il tourna la tête, mouvement prompt, mais pas assez pour me dissimuler ses yeux trop brillants. Il renifla, afficha un sourire cousu de fil blanc.

— Aujourd'hui, ça va mieux. La paix familiale est suspendue à une trêve fragile. À défaut d'avoir le fils idéal, celui dont il rêvait, mon père se satisfait de mes résultats scolaires. Un rejeton qui collectionne les tableaux d'honneur, c'est une consolation. Peut-être m'aime-t-il, à sa façon. Ce n'est pas le genre expansif, tu as pu t'en rendre compte. Seuls les faibles extériorisent leurs sentiments, le pauvre n'en démord pas. Issu d'un milieu modeste, il a bûché pendant toute sa jeunesse, il s'est hissé à la force du poignet jusqu'à une situation enviable. Un être normalement constitué n'a pas le droit de rejeter son échec sur le dos de sa famille ou d'invoquer un environnement social défavorable. Celui qui a vraiment l'ambition de s'en sortir trouvera toujours le moyen de triompher des empêchements. Ambition, volonté, acharnement, il n'a que ces mots à la bouche.

— Non sans quelque raison, répliquai-je.

Il nous versa à chacun un peu de thé, dont la couleur s'était assombrie en infusant.

— Je te raconte ma vie, je ne sais trop pourquoi. (Il haussa les épaules.) Ces histoires sont pour toi sans le moindre intérêt. Excuse-moi.

Je lui offris mon sourire le plus réconfortant.

— Cesse de faire les demandes et les réponses.

— Tu es si paisible, Ice. Jamais on ne te prend en flagrant délit de bla-bla. Tu aurais fait un tabac à l'époque du cinéma muet.

Ce n'était pas un compliment pour une jeune fille destinée à devenir chanteuse. Je ne pus m'empêcher de rire.

— Je ne plaisante pas. Tes yeux, ton visage sont d'une grande mobilité. Ils en disent plus long que les bavardages de toutes ces pipelettes.

Dans son regard s'alluma soudain l'appel inconscient des modestes qui espèrent récolter quelques louanges.

— D'ailleurs, j'ai composé une chanson à ton sujet. Tu ne m'en veux pas, j'espère ?

— Une chanson ? Sur moi ?

Il opina, prudent.

— Ce n'est pas un chef-d'œuvre.

— Où est-elle ? Montre !

Il désigna son piano.

— Là. Je n'en suis pas encore à l'étape de la partition. Je tâtonne sur mon clavier.

— Puis-je l'entendre, même inachevée ?

La panique s'incrusta sur ses traits comme tout à l'heure, en butte aux foudres paternelles.

— Pas encore, s'il te plaît. Quel nigaud ! Je suis incapable de garder un secret.

— Une chanson dont je suis l'héroïne et deviendrai peut-être l'interprète m'appartient un petit peu, n'est-ce pas ? J'ai bien le droit d'entendre ses balbutiements ?

Il fit la moue.

— Soit. Si elle est nulle, dis-le-moi. Promis ? Je la corrigerai. Si elle est archinulle, je recommencerai de zéro.

J'acquiesçai.

— Compte sur moi. Je serai semblable à toi, impitoyable.

Contournant le bar, il se dirigea droit sur son piano, le pas ferme à défaut d'avoir le cœur bien accroché.

Ses doigts effleurèrent le clavier. Clairement, il en était au stade précieux, fragile, de l'improvisation, jouant comme une idée danserait. Savait-il seulement que j'étais là ? Il se redressa. Les yeux clos, il se mit à chanter, à fredonner, plutôt :

There is a music in the silence of her smile.
There's a melody in her eyes.
She glides unheard through the clamor that's around her,
But it's in the harmony of her that beauty lies.
Listen to the patter in my heart ; listen to the drums within my soul,
See how she can make the chorus sing and see
How she can make the symphony start.
Play, play this song of you.
Play for the old and play for the new.
Play at the break of day and play in the twilight hour.
Play away the sadness and the sorrow.
Walk before the saddest eyes you see.
Walk and bring the music back to me. [1]

---

1. Son sourire donne un goût de miel dans la bouche.
Elle chante avec les yeux.
Favorite de la lune, elle passe comme un funambule
Au milieu du chaos,
Laissant un sillage de silence.
Elle est de ces êtres qui attendent des ailes pour s'envoler,
Son harmonie tournoie au fond du temps.
Écoutez mon cœur battre comme un grelot de carnaval,
Quand elle fait planer la chorale, si haut…
Et quelle force en elle, quand la symphonie explose,
Par sa seule volonté.
Habituez-vous comme moi à ce prodige
Que célèbrent mes doigts,
Le long du sentier en noir et blanc.
Assis à mon piano, je joue ce que j'ai ressenti,
Je joue pour les vivants et pour les morts,

Ses mains restèrent en suspens. Il regardait les touches.

— J'en suis là, pour l'instant.

Ses yeux m'interrogeaient.

Depuis quand avais-je été émue par quelqu'un ou quelque chose au point d'avoir les larmes aux yeux ? Larmes d'enfance, larmes irrépressibles. Elles ruisselaient le long de mes joues sans honte. Je ne songeais nullement à les cacher.

— Ton avis ? murmura-t-il.

Je descendis de mon perchoir et m'approchai. En guise de réponse, je lui plantai un baiser sur la joue. Stupéfait, il eut un mouvement de recul. Une joyeuse cascade de rire secoua mes larmes.

— Merci. C'était superbe.

J'étais sincère. La fierté rayonna sur son visage. Il se rasséréna, visiblement soulagé.

— Ce n'est encore qu'une ébauche, je te l'ai dit. Je consacre à ton hymne une heure par jour. Quand il sera parfait, je le saurai, là.

Il appliqua sa main à l'endroit du cœur.

— Combien de temps devait durer cette prétendue répétition ? s'enquit la voix du père.

D'un même mouvement, nous nous tournâmes vers l'escalier. M. Noble se tenait là, à mi-hauteur. Depuis combien de temps ? Avait-il entendu l'aubade de son fils à cette camarade de classe pas tout à fait ordinaire ? Avait-il surpris mon baiser ?

— Nous terminons à l'instant, monsieur.

— Tant mieux.

Pour l'heure où se déploie le jour,
Pour l'heure vague du crépuscule.
Je joue pour dissiper la souffrance, les regrets.
J'ai traversé le ciel splendide et je pleure.
Chante pour ranimer en moi le feu d'artifice.
Marche pour que s'éveille à nouveau la musique,
Rien d'autre que la musique. (N.d.T.)

Volte-face, remontée en souplesse, porte refermée sans bruit.

— Navré, dit Balwin. Il est de mauvais poil. C'est souvent le cas, malheureusement.

Pour ma part, j'en avais assez vu et entendu pour comprendre l'état d'esprit du maître des lieux. M. Noble était inquiet. Je ne correspondais pas, sans doute, au genre de fréquentation féminine qu'il aurait souhaité pour son fils.

Raisonnement beaucoup trop simpliste, une fois de plus. Je ne tarderais pas à m'en rendre compte.

— Je dois rentrer, de toute façon. Mon père était de service, ce soir, ma mère est sortie avec des amies. Papa compte sur moi pour préparer son souper.

— Bien sûr. Rendez-vous demain soir si tu n'y vois pas d'inconvénient. Il faut aller vite, désormais. Prendre contact avec cet agent avant qu'il ait oublié le Kit-Kat.

Sans mot dire, d'un regard explicite, je désignai le rez-de-chaussée.

— Aucun problème, assura mon pianiste préféré.

— Demain soir, entendu.

L'un derrière l'autre, nous gravîmes la volée de marches. Pas un bruit si ce n'était, dans l'entrée, le tic-tac de la pendule ancestrale. M. et Mme Noble ne redoutaient pas le silence, un bon point pour eux. Ni musique ni télévision. Balwin fit deux pas au-dehors. le vent plaqua sur nous sa grande main brutale. Nos adieux furent brefs.

— Bonsoir, merci encore pour tout.

Le col remonté, je filai. Je m'armai de courage pour le trajet qui s'annonçait pénible. Au bout de la rue, une voiture ralentit en arrivant à ma hauteur. Deux jeunes gens me regardaient avec impudence. Casquette avec la visière sur la nuque et lunettes noires pour l'un, Stetson pour l'autre. J'identifiai aussitôt deux anciens condisciples. À ma grande surprise et pour mon malheur, ce fut réciproque.

— Ice, ma toute belle, que dirais-tu d'un tour en bagnole ? Il fait chaud à l'intérieur, terriblement chaud. Tu fondras en un clin d'œil.

Sans un regard pour eux, j'allongeai ma foulée.

— Une chaleur d'enfer ! hurla le conducteur.

— Un petit lot comme toi, errant solitaire dans le blizzard à une heure pareille ? En froid avec ton copain ?

J'écoutais mon souffle, de plus en plus court à mesure que l'angoisse prenait possession de moi. Mon pouls battait déjà à un rythme affolé. Le sang martelait mes tempes, aussi désordonné que l'était certains jours la plomberie de notre immeuble.

Mon Dieu, priai-je, faites qu'ils ne s'arrêtent pas.

La voiture fit halte, la porte s'ouvrit côté passager. Le type aux lunettes noires descendit, s'inclina jusqu'à terre.

— Milady, votre carrosse vous attend.

Il me barrait le chemin. Je me figeai, terrifiée.

— Ice ! cria quelqu'un derrière moi.

Je me tournai pour voir Balwin galoper à fond de train. Il nous rejoignit, à bout de souffle, considéra les deux types.

— Excuse-moi, j'avais quelque chose d'urgent à faire.

— Balwin Noble ? s'exclama le binoclard.

Sous la casquette, son visage se fendit d'un sourire de crocodile.

— Ce bidendum, ton amoureux ? Impossible, il est trop lourd, il t'aplatirait comme une crêpe.

Et tous deux de se tenir les côtes.

— Laisse tomber, conseilla le quidam au Stetson.

— Trésor, tu ne sais pas ce que tu perds, lança son acolyte avant de réintégrer la voiture.

Ils s'éloignèrent.

— Je n'étais pas tranquille, marmonna Balwin. Une sorte d'intuition. Je t'ai suivie des yeux depuis la fenêtre de ma chambre. J'aurais dû proposer de te raccompagner. Pourquoi ne pas l'avoir demandé ?

Je secouai la tête.

— C'est à deux pas. Laisse donc.

— Allons-y, insista-t-il. Ne reste pas plantée là, il fait trop froid. Marchons vite. C'est la faute de mon père, aussi. Il a le don de me mettre la tête à l'envers.

On se mit en route, pliés contre le vent. J'avais croisé les bras contre mon torse. Balwin cachait ses mains dans ses poches.

— C'est décidé, lança-t-il soudain d'une voix farouche. Dès demain, je commence un régime.

Épargne-lui le doute et les lieux communs, pensai-je. Je me contentai d'un sourire sarcastique. Le remarqua-t-il ? Le devina-t-il ? Il parla sans discontinuer pendant toute la durée du trajet. L'effroi s'était dissipé. J'écoutais un mot sur deux, mais quelle quiétude, quel apaisement de me savoir en si bonne compagnie ! Même le vent me semblait moins mordant.

Pour la seconde fois, nous nous séparâmes. Adieux, poignée de main au pied de mon immeuble. À nouveau, je le remerciai.

— Demain soir, je demanderai à mon père de me prêter sa voiture. Si je lui promets de me mettre à la diète, il s'amadouera.

— Essaie toujours, mais en aucun cas je ne veux être à l'origine d'une brouille entre M. Noble et son fils.

À son tour, il me gratifia d'un sourire moqueur.

— Si cela devait arriver, cette raison-là en vaut bien une autre.

À peine m'eut-il baisé la joue qu'il tourna les talons et s'en fut comme un voleur.

Papa était rentré plus tôt que prévu. je le trouvai dans la cuisine, en train de pique-niquer. Il avait mis dans une casserole quelques restes trouvés dans les bacs en plastique du réfrigérateur, ajouté un peu de margarine et touillé l'infâme tambouille à l'aide d'une cuillère en bois.

Il déchiffra sur mon visage autant de gêne que de surprise. Son regard se fit soupçonneux. Il m'interrogea aussitôt.

— D'où viens-tu, Ice ? Ne me dis pas que tu as revu ce misérable Shawn Carter ? Ou bien ta mère aurait-elle organisé une de ces surprises dont elle a le secret ?

— J'aurais refusé, tu le sais bien.

Ma réticence à parler ne pouvait qu'accroître sa méfiance. Tandis que, prenant prétexte des tâches ménagères, je lui tournais le dos, il revint à la charge.

— D'où viens-tu donc ?

— D'une séance de répétition, papa. Je regrette de ne pas être rentrée à temps pour t'accueillir. Assieds-toi, je te prépare quelque chose.

— Laisse, je me contenterai de cette fricassée et d'un fruit. Une répétition, à cette heure-ci ?

Gagner du temps. Je haussai les épaules. Pourquoi lui cacher la vérité ? De peur d'ouvrir la boîte de Pandore ?

— Ice, ne me cache rien. De quelle répétition s'agissait-il ?

Question posée avec patience et douceur. Après tout, je n'avais aucune raison de dissimuler à mon père cette nouvelle facette de mon existence. En l'absence de maman, c'était le moment ou jamais.

Je m'assis en face de lui.

— Je t'ai parlé de cet agent qui se trouvait au Kit-Kat Club. Il a aimé mon interprétation de *Lullaby* et souhaite que je passe une audition devant sa mère, la directrice de l'institut Senetsky. Je suis loin d'être prête, il me reste beaucoup de progrès à accomplir. Ce soir, pour la seconde fois, j'ai travaillé en compagnie d'un camarade, Balwin Noble, le pianiste de notre chorale, ce garçon qui m'a raccompagnée l'autre soir.

Mon père se détendit.

— À première vue, j'approuve ton initiative. Je l'approuve à fond. Où avait lieu cette répétition ?

Je lui parlai plus longuement de Balwin, de sa passion pour la musique, de son studio, de la confiance un peu embarrassante qu'il plaçait en moi. Je glissai quelques mots sur le disque en préparation.

— Je perds mon temps, j'en suis consciente, ajoutai-je. Je n'y arriverai jamais, c'est l'évidence même.

Mon père se récria, soudain furieux.

— Cesse de dire des âneries. Tu as du talent, nous le savons, toi et moi. Le public du Kit-Kat s'en est rendu compte, et ce M. Senetsky. Travaille, je t'y encourage, à condition que cela n'empiète pas sur tes études. Quant à ce Balwin, rends-lui grâce de s'intéresser à toi. S'il peut t'aider, je n'y vois pas d'inconvénient.

— À quoi bon, papa ? Les frais d'inscription dans cette école sont exorbitants. Nous n'avons pas les moyens.

— Si nous devions en arriver là, si tu devais être admise dans cette institution prestigieuse, les doutes concernant ton talent seraient balayés, n'est-ce pas ? Tu aurais alors gagné la première manche. Le reste, la question financière, regarde ton père. Me crois-tu incapable de faire quelques sacrifices si l'avenir de ma fille unique est en jeu ?

J'accueillis cette déclaration pleine d'assurance du même sourire que j'avais eu face à la promesse solennelle de Balwin de commencer son régime « dès demain ». Après avoir débarrassé, je posai sur la table une assiette, un couteau, une coupe de fruits. La vaisselle serait vite faite.

— Ta mère a-t-elle donné son emploi du temps de la soirée ? s'enquit mon père, mine de rien.

— Il était question d'aller au cinéma avec deux amies.

— À l'entendre, ta mère passe sa vie dans les salles obscures. Lena doit collectionner les illusions, et je ne parle pas uniquement de celles qu'on voit sur les écrans.

Ce ton d'ironie forcé me fit froid dans le dos. D'un autre côté, Cameron Goodman s'inquiétait encore des allées et venues de son épouse, c'était du moins une bonne nouvelle. Subsistait-il entre eux un sentiment amoureux ? Je le souhaitais ardemment. Comme pour répondre à ma question, il marmonna :

— Je ne peux plus rien pour elle, j'en ai peur.

La flambée d'enthousiasme manifestée un instant auparavant au sujet de ma carrière fantasmatique s'était vite éteinte. Papa broyait du noir. Oubliant l'orange à demi pelée, il considéra un horizon visible de lui seul, le néant peut-être, ou quelque souvenir à jamais perdu, ce qui revenait au même. Sans mot dire, il se leva

Peu après s'élevait la voix reconnaissable entre toutes. Billie Holiday lui tiendrait compagnie jusqu'au retour de Lena Goodman.

Une fois la vaisselle essuyée et rangée, je le rejoignis. Il avait pris son journal ; j'allais chercher le texte que nous devions étudier le lendemain en classe de littérature.

Une heure s'écoula.

— Ice, tu tombes de sommeil. Va te coucher, petite. Tu dois te lever tôt, être en forme pour le collège. Il te reste un examen à passer avant d'en être quitte avec ces études. (Il m'adressa un clin d'œil.) Mme Senetsky n'a pas encore ouvert la porte.

Je lui fis la bise et gagnai ma chambre après les ablutions du soir. Impossible de dormir. Le sommeil, je le savais, ne viendrait pas avant le retour de maman. Je guettais son pas dans le couloir. Deux heures plus tard, la clé n'avait toujours pas tourné dans la serrure.

Encore une querelle en perspective. La gorge nouée, je tentai d'oublier mon angoisse. Plutôt que de m'obnubiler sur la mésentente entre mes père et mère, je songeai à la famille Noble. Cet homme si attentif à son tour de taille avait épousé une fille mince et belle. Aimait-il encore la compagne alourdie par les kilos superflus ? Impossible d'envisager une scène de ménage dans cet environnement si harmonieux. Mme Noble, que je n'avais pas encore rencontrée, ne devait pas être le genre de femme capable de lancer une assiette à la tête de son mari. J'imaginais l'ébahissement de M. Noble, sa retraite digne à l'abri du *New York Times*.

Quand la porte s'ouvrit enfin, il était près de trois heures du matin. Maman n'entra pas dans le vestibule, elle s'y écroula. Elle avait son compte.

Dressée sur mon séant, je tendis l'oreille. Un rire étouffé, puis la voix de mon père, impassible :

— Que fais-tu là sur le tapis, Lena ?

Dans un éclat de rire, maman annonça que son talon s'était cassé. Il lui fallut un certain temps pour se hisser sur ses pieds. J'aurais tant souhaité que papa lui tendît la main.

— D'où viens-tu ?

— Du monde extérieur. On s'y amuse beaucoup. Tu connais le sens de ce verbe ? S'amuser. Prendre son pied. J'en doute fort.

— Où étais-tu ? répéta-t-il.

— Dehors ! rétorqua-t-elle, véhémente.

Il s'avança, j'entendis le faible cri apeuré de ma mère.

Je me levai d'un bond. Ma porte donnait sur le vestibule. Je l'entrouvris juste assez pour voir la scène. Papa l'avait saisie sous les aisselles, soulevée, et la secouait comme il eût fait d'une poupée de son.

— D'où viens-tu ?

— Lâche-moi ! Lâche-moi et je répondrai.

— Je t'ai posé une question.

— Je n'ai rien volé, rien fait de mal. Je suis innocente comme l'agneau. Pose-moi sur le sol.

— Je te jetterai par terre comme l'épave que tu es si tu ne me dis pas où tu as passé la nuit.

— En compagnie de Louella et de Dedra. Nous sommes allées dîner, puis au cinéma. Ensuite, nous avons fait halte chez Frank & Bob, comme d'habitude. Où est le crime ?

Mon père la reposa en douceur.

— Je suis las de ces retours lamentables, dit-il.

— Pourquoi les gens boivent-ils ? répliqua maman, soudain dégrisée me sembla-t-il. Pour noyer leur tristesse. Tout le monde le sait. Même toi.

— Es-tu malheureuse à ce point-là ? Trouve-toi un boulot. Cela t'occuperait, tu gagnerais un peu d'argent.

— Quel boulot ? Vendeuse dans une boutique, un fast-food ?

— Hôtesse d'accueil, par exemple. Tu présentes bien, tu es encore jeune. Hôtesse d'accueil dans une banque, un grand hôtel... ce n'est pas une déchéance.

Le visage de ma mère se décomposa, elle fondit en larmes.

— Quel gâchis, mon Dieu ! J'aurais pu être mannequin, faire de la pub, décrocher la timbale. Devenir quelqu'un au lieu de cette... épave, comme tu l'as si bien dit. Que t'importe ce que je suis, ce que je pense, mes illusions perdues, ma détresse ? Le travail, le jazz, la lecture du journal, l'infernale routine. C'est toute ta vie. Ce ne sera jamais la mienne. Jamais !

— Moi ? Je fais l'impossible pour nous maintenir à flot !

Ma mère leva sur lui un visage de noyée, paupières gonflées, maquillage en perdition.

— Réponse de Tartuffe ! Elle satisfait ta bonne conscience mais tu restes aveugle et sourd aux problèmes de ta famille. Notre fille s'enfonce dans la solitude quand elle a tout pour faire la fierté de ses parents. À qui la faute ?

Après un long silence entrecoupé des reniflements maternels, mon père reprit la parole d'une voix changée, attendrie.

— Lena, le jour viendra où cette enfant comblera tes espoirs. La voie qu'elle empruntera n'est sans doute pas celle que tu aurais choisie. C'est la sienne. Il lui appartient d'en décider.

— J'ai cru en elle, j'ai tenté de faire jaillir en elle une étincelle de joie et de vie. J'ai échoué !

— Elle n'y est pour rien, et toi non plus. Ce n'est qu'une anecdote dans sa vie. D'ailleurs, l'échec n'est pas si sûr. Cette soirée au Kit-Kat pourrait bien déboucher sur d'autres résultats, plus grandioses.

Ma mère fit entendre un rire sec, sinistre. Il résonna comme un mur qui s'écroule.

— New York ? Laisse-moi, veux-tu ? J'ai trop bu, je me sens mal. Sale et malade.

— Comment pourrait-il en être autrement ? Tu te détruis à petit feu.

— *Tu* me détruis à petit feu, rectifia-t-elle. Mon mari est mon bourreau.

— Moi ?

— À dix-sept ans, je me suis retrouvée enceinte. Dès lors, adieu la vie, adieu l'amour ! Pour moi, tout était fichu. Les belles promesses, tu m'en as faites, toutes rutilantes. Où sont-elles ? Le résultat est là, en face de toi. Un fantôme affublé d'un boulet. Je coule à pic ! hurla-t-elle.

Les mains plaquées sur la gorge, elle se rua en direction des toilettes.

Mon père la regarda s'éloigner, ses yeux telles des boules de plomb enfoncées dans le visage. Longtemps, il persista dans la contemplation misérable, désarmée, de cette porte derrière laquelle maman cachait sa honte et son désespoir.

Il me vit, tout à coup. Pas une parole ne fut échangée. Erreur de sa part ? Peut-être. S'il m'avait dit : « Va trouver ta mère, parle-lui de ton projet, tellement plus exaltant que les sorties sans lendemain avec de pauvres créatures. Rends-lui la confiance dont elle a besoin. » J'aurais trouvé le courage d'aller frapper contre la porte close de la salle de bains.

J'aurais trouvé les mots.

Entre mes parents, le fond de l'abîme était atteint. L'impuissance de mon père, le spectacle de son désarroi m'étaient insupportables. Je regagnai mon lit.

CHAPITRE VI

FAUSSES NOTES

Au cours des jours suivants, chacun sentit peser sur son dos un silence sépulcral. Notre appartement semblait une antichambre de la morgue. C'est d'ailleurs ainsi que je l'avais baptisé, La Morgue, car tous ceux qui baignaient dans cette atmosphère fétide, mon père, ma mère et moi, semblaient contaminés par une maladie mortelle. Nous prenions nos repas à des heures décalées, chacun trouvait un prétexte pour rentrer le plus tard possible. Papa avait oublié sa collection de disques, maman n'élevait jamais la voix – pas plus pour récriminer que pour chantonner–, nos regards évitaient de se croiser. J'avais eu l'occasion de participer à plusieurs veillées funèbres au cours desquelles, assis autour du défunt, les proches et les amis demeuraient immobiles pendant des heures, sans mot dire, avec les yeux ailleurs, remplis d'absence. Ils donnaient l'impression d'avoir laissé là une simple enveloppe corporelle désertée par leur être véritable, lequel avait pris la poudre d'escampette pour passer le temps en un autre lieu, plus guilleret.

Quand les chants s'élevaient enfin, on aurait dit autant de Lazare ramenés de l'au-delà dans le monde des vivants. Petite fille, j'étais sidérée par l'émotion que manifestaient ces gens brusquement déchaînés. À mon grand étonnement, le mort demeurait insensible à cette débauche d'énergie. J'attendais l'instant où, ses paupières soulevées d'un coup, il se dresserait dans son cercueil et joindrait sa voix à l'hystérie collective.

Une fois, le pouvoir de l'illusion l'emporta. J'eus la certitude d'avoir assisté à ma résurrection. Remarquant mon comportement bizarre, penchée en avant, bouche bée, les yeux comme des soucoupes, ma mère craignit un malaise. Elle insista pour me ramener à la maison.

— Ces veillées ne sont pas faites pour les enfants trop sensibles, dit-elle à mon père. Notre fille est déjà affligée de mutisme électif. Il est inutile de la traumatiser davantage.

L'expression employée par Mme Waite pour qualifier mon silence lui avait plu. Depuis son entretien avec l'institutrice, maman s'en servait à tort et à travers.

Après le fameux soir, donc, les trois membres de la famille Goodman furent frappés de « mutisme électif ». Le lendemain, ma mère resta au lit. Elle ne dormait pas. Avant de partir pour le collège, je la trouvai allongée sur son lit, raide, les yeux rivés sur le plafond, la bouche serrée, hermétiquement close, comme une lame dans ce visage modelé en forme de défi. Consternée, je posai un baiser sur son front.

Mon père buvait son café dans la cuisine. Il regardait le vide et ne m'adressa la parole qu'au dernier moment, lorsque je fus sur le point de partir.

— J'ai un emploi du temps chargé, aujourd'hui. Mon équipe a intégré deux nouvelles recrues qu'il faudra mettre au parfum. Je rentrerai tard. Ne préparez rien, surtout, je dînerai sur place. (Un ton plus haut, il ajouta :) J'en ai soupé, cette fois-ci, c'est le cas de le dire. Cette femme est capable de tout, comme de verser de l'arsenic dans mon assiette. Le monde entier est responsable de son malheur, sauf elle.

— Je ferai la cuisine, si tu veux.

— Rien ! répéta-t-il. Je rentrerai très tard, ne te fais pas de souci.

Encore une occasion manquée. Aurais-je dû lui dire combien je désapprouvais son agressivité, que l'hostilité et le mépris exprimés envers sa femme n'étaient pas de nature à réparer ce qui pouvait encore l'être ? Était-il en état d'entendre les paroles conciliantes de sa fille ? Cameron Goodman semblait bouillir de colère. Je plaignais les malheureux collaborateurs assez culottés pour le contredire, et plus encore les chapardeurs assez stupides pour se faire pincer. Lâchement, je m'abstins de toute observation. Après avoir fait la vaisselle du petit déjeuner, je quittai la maison sans même lui dire au revoir.

À peine entrée dans le collège, je flairai un complot. Les autres élèves me dévisageaient avec une attention bizarre, les filles en particulier. Elles ne se gênaient pas pour échanger des messes basses tout en me lorgnant par-dessus leurs mains en éventail. Une fois de plus, ma singularité me valait d'être la cible de leurs quolibets. La plupart du temps, ces flèches empoisonnées manquaient leur cible. Je n'étais pas assez naïve pour ne pas discerner une pointe de jalousie chez les plus acharnées de mes ennemies. Vite découragées par mon absence totale de réaction, elles cessaient leurs manigances. À quoi bon persécuter quelqu'un dont le visage reste de marbre et les lèvres scellées ? Le stoïcisme n'était pas par hasard mon courant philosophique de prédilection. Les mijaurées m'abandonnaient pour accabler de railleries une proie plus vulnérable. Plus excitante.

Aujourd'hui, cependant, je le compris très vite, l'échappatoire ne serait pas si simple. Leur détermination, leur satisfaction mauvaise se fortifiaient au fil du temps. Entre le vestiaire et la première salle de cours, en dépit de mon insensibilité apparente, se tissa autour de moi un réseau de commentaires sarcastiques dont je cherchais malgré moi à deviner l'origine.

S'agissait-il de maman, de sa conduite de la veille ? Avait-elle dit, ou fait, à l'extérieur de la maison, quelque chose de répréhensible ?

Me faisait-on payer, avec retard, l'échec cuisant de ma première « sortie du samedi soir » ? Pas une seconde ne me vint à l'esprit que le succès remporté par mon interprétation de *Lullaby* annulait largement cette déconfiture. Les applaudissements du public dans un club branché auraient dû, sinon les impressionner, du moins leur imposer silence au sujet de cette soirée.

La rumeur grandissante composait dans mon sillage une cacophonie semblable à celle de casseroles attachées à la queue d'un chien. Plus vite je marchais, plus insistants se faisaient les rires et les apartés. Pendant les cours, il me suffisait de regarder à droite ou à gauche pour voir leurs yeux converger sur moi. Le flux des bavardages était tel que plusieurs professeurs durent les réprimander tout en menaçant les plus bruyants de quelques heures de colle en fin de journée.

Ma nervosité, bien réelle, cette fois, restait indécelable. J'étais encore capable de donner l'illusion de la sérénité. Il suffisait d'avancer et de regarder droit devant, avec la détermination du brise-glace au milieu de la banquise. Le piège se referma à l'heure du déjeuner, tandis que j'allais à la cafétéria. Thelma Williams et Carla Thompson me barraient l'entrée. Elles arboraient toutes deux le même sourire sardonique.

Le face-à-face se prolongea quelques instants. Très calme, je rompis le silence.

— Vous ne m'avez pas adressé la parole, sinon pour m'insulter, une seule fois en l'espace de quinze ans. Qu'avez-vous à me dire ?

Elles échangèrent une œillade assassine. Thelma pouffa de rire.

— On se demandait comme ça, si toi et ton petit ami Balwin, nous feriez l'honneur d'assister à la surboum organisée chez Thelma, samedi prochain ?

Ma mère avait raison sur différents points, à commencer par celui-ci : mon innocence confinait à la stupidité. Je feignis l'incompréhension.

— Comment ? Peux-tu répéter ?

— On ne t'avait jamais invitée auparavant, compte tenu de ton indifférence pour les garçons, précisa Carla.

Et l'autre, de renchérir sur un ton d'une gravité excessive :

— Certaines copines se demandaient si tu n'étais pas lesbienne. Autant te le dire, à présent. Avant et après les cours de gym, elles sont gênées de se déshabiller devant toi.

Je secouai la tête. Les insultes se bousculaient dans ma tête. Je voulus me frayer un passage.

— Petite cachottière, susurra Carla. Depuis combien de temps dure votre liaison ?

Je les dévisageai tour à tour, l'air soucieux. Balwin avait-il commis quelque indiscrétion ? Un simple lapsus lui avait-il échappé ? Je n'en croyais rien.

Un attroupement s'était formé derrière les deux pécores.

Thelma inclina la tête de côté.

— Un détail nous turlupine, fit-elle le plus sérieusement du monde. Une petite question dont tu connais la réponse. Comment fait-on l'amour avec un type aussi gros ? De deux choses l'une, ou il vous écrase, ou on lui monte dessus. Tu es bien d'accord ?

— Vous êtes abjectes, je l'ai toujours su, murmurai-je.

— Chevaucher le bonhomme, ce n'est pas désagréable, fit observer Carla. À condition qu'il offre quelque chose à chevaucher, bien sûr.

On s'esclaffa. La plupart des filles et quelques garçons qui passaient par là ne s'intéressaient que modérément à cette altercation. À ma place, une personne sensée aurait rebroussé chemin ; elle serait allée manger un morceau dans la pizzeria la plus proche, ou se serait passée de déjeuner. Pas moi. Pas Ice Goodman. L'obstination du sang, dans le cas présent, autant paternel que maternel, m'interdisait de céder.

— Je voudrais rentrer dans la cafétéria, dis-je.

Personne ne bougea.

— Acceptes-tu notre invitation ? roucoula Thelma, la plus laide des deux. On fera renforcer le lit de Carla en prévision des kilos supplémentaires.

Elle se tourna pour prendre à témoin la maigre tribu approbatrice de ses courtisanes.

Mon visage se métamorphosait. Je devais ressembler à ma mère, prête à sortir ses griffes contre un époux, provocateur ou récalcitrant.

— Tu es moche, déclarai-je assez haut pour être entendue de tous. À ton âge, tu en es déjà réduite à jouer les marie-couche-toi-là pour attirer les garçons. Tu n'es qu'une pauvre gamine frustrée dont l'avenir est tout tracé. Ta vie sera un enfer.

J'avais fait mouche, je le devinai au clignement imperceptible de son œil. Elle accusa le choc, crânement. Son sourire se fit suave. J'enregistrai, ici et là, une expression de surprise. Je savais très bien ce qu'elle signifiait. Plus coriace que prévu, Ice Goodman. Quand elle se décide à l'ouvrir, elle ne mâche pas ses mots.

— Frustrée ? Pas au point de me rabattre sur papa Noble et sa panse de crapaud-buffle. Son zizi, doit falloir une loupe pour le dénicher au milieu des bourrelets.

Contrairement à ma mère, je savais peu ou prou garder mon calme. Impavide, je dévisageai l'impudente.

— Détrompe-toi, Thelma. Si j'ai jamais besoin d'une loupe, ce sera pour chercher ta cervelle sous ton vilain crâne.

Nouveaux rires, auxquels se joignirent plusieurs garçons. Différence notable, ils n'étaient plus dirigés contre moi. L'affaire se terminait sur un match nul.

On s'écarta. J'avais enfin gagné le droit d'entrer dans la cafétéria.

J'entendis la riposte injurieuse de Thelma, piquée au vif par la volte-face de ses alliées. Lancé à toute volée, un livre m'atteignit entre les omoplates. Je fis halte, à deux doigts de tomber dans le piège. Respirer à fond, continuer sans se presser. M. Denning, le surveillant, m'adressa un signe de tête accompagné d'un sourire. Avait-il vu, avait-il entendu ? Le cas échéant, pourquoi n'était-il pas intervenu ? Thelma n'avait pas fini de régler ses comptes avec les rebelles de sa petite bande. Elle continuait de les houspiller, distribuant les gifles et les insultes. M. Denning se décida à réagir. En l'espace de quelques instants, l'entrée du réfectoire fut dégagée, le silence revint.

Bref répit. Peu après, le chahut recommença dans le couloir, avec une violence redoublée. Le surveillant se précipita au-dehors. Quelques collégiens curieux se rassemblèrent sur le seuil. Trois autres professeurs arrivèrent à la rescousse. Vivement, chacun regagna sa table.

J'étais encore dans la file d'attente du self-service, la tête chamboulée, parcourue de frissons. Mon plateau une fois chargé d'un bol de salade mélangée et d'une tarte aux pommes, j'allai prendre place à la table la plus reculée, près d'une fenêtre, déjà occupée par Arlene Martin et Betty Lipkowski, deux camarades aux manières convenables qui m'avaient toujours témoigné de la gentillesse. Elles faisaient partie de la chorale, ceci expliquant peut-être cela.

— M. Glenn va devoir se mettre lui-même au piano pour notre répétition de ce soir, murmura Betty.

Je ressentis un grand froid, un peu de crainte.

— Pourquoi ?

— À cause de ce qui vient d'avoir lieu, la bagarre dans le couloir.

— Je ne suis au courant de rien. J'ai reçu ma part de provocations pour aujourd'hui, répliquai-je.

— Balwin s'est laissé entraîné dans une mauvaise querelle. Un garçon si paisible, si maître de lui. Il a vraiment fallu le pousser à bout, expliqua Arlene.

— Que s'est-il passé ?

— C'est la faute de Joey Adamson, une grande gueule. Il l'a provoqué, Balwin a riposté. Ils en sont venus aux mains. M. Denning a eu toutes les peines du monde à les séparer. Tu imagines la suite : comparution devant le proviseur, trois jours de suspension pour les trublions, quel que soit le coupable.

Après un silence, Arlene ajouta :

— Quel effet cela fait-il ?

Je levai sur elle un regard de chien battu. Ma famille partait en lambeaux et maintenant, ça. Mon seul ami puni pour la première fois de sa vie, à cause de moi. Comment réagirait son père ? Oserais-je téléphoner chez lui ? Qu'adviendrait-il de notre rendez-vous prévu pour le soir même ?

— Quel effet... ?

— Mon Dieu... lorsqu'un garçon se bat pour défendre l'honneur d'une fille. Le tien, en l'occurrence.

Je fus saisie d'un haut-le-cœur.

— La nausée, murmurai-je.

— Comment ?

— Toute cette histoire me donne la nausée.

Je me levai. Je quittai sans avoir touché à ma salade la cafétéria où j'avais eu toutes les peines du monde à entrer.

Le reste de la journée fut un cauchemar, écartelée que j'étais entre la vague appréhension du présent et la menace de l'avenir. Menace trop précise. Les cours se succédaient dans un flou abominable, accumulation machinale de mots dont aucun ne me parvenait. J'allais d'une classe à l'autre comme un automate entraîné par le flux des autres élèves. Quand vint le dernier cours, mathématiques financières, Mlle Huba m'interpella. Mon absence de réaction l'intrigua. Elle s'approcha, contempla un visage vide de tout, me secoua doucement l'épaule.

— Ice, vous ne vous sentez pas bien ?

Je la regardai, je jetai un coup d'œil morne sur les gens qui m'entouraient. Petites crapules, ils retenaient leur souffle, dans l'attente d'une catastrophe. Effondrement nerveux de Ice Goodman. Elle allait se mettre à hurler, à moins qu'elle ne fût prise d'un fou rire inextinguible. Bonne pour la camisole, de toute façon.

— Non, fis-je dans un souffle.

Mais la question posée précédemment continuait de cheminer dans mon esprit où elle se faufila jusqu'à la bonne case. La réponse s'inscrivit en lettres de feu. Je la livrai sans élever la voix. Mlle Huba me remercia d'un sourire.

— Exact, Ice. Passons au chapitre suivant.

Les autres ne dissimulaient ni leur stupeur ni leur déception. Ice Goodman demeurait une énigme. Après que le professeur nous eut dicté l'énoncé du problème et donné les dix dernières minutes de cours pour commencer à travailler, le silence s'épaissit autour de moi à la vitesse du caramel qui refroidit. Ce fut alors que retentit, solitaire, la voix de Thelma Williams, assise à l'extrémité de la troisième rangée.

— Qu'on lui donne une loupe !

La fine allusion déclencha l'hilarité générale. Mlle Huba abattit sa main sur le bureau. Pour moi, ce rire unanime avait sonné comme une déclaration de guerre. Ma colère ne cessait de monter. Encore quelques instants et cette rage m'habiterait tout entière comme une présence inconnue. Je savais à présent ce que ressentait mon père face à certains caprices maternels. Plutôt que de succomber à je ne sais quelle folie, je pris la fuite. Interdite, Mlle Huba me héla. Je claquai la porte avec une force inouïe. Cet éclat était une piètre réponse aux railleries obscènes de mes camarades.

L'ignoble Thelma remportait la seconde manche.

Je séchai la répétition de notre chorale pour rentrer à la maison. L'absence de maman, cette fois, fut plutôt un soulagement. Elle m'aurait asticotée tant et plus. Pourquoi rentres-tu si tôt ? La musique est toute ta vie, n'est-ce pas ? Pourquoi n'es-tu pas allée à la répétition ? Seul un événement grave a pu t'arracher à cette infernale routine. Parle !

Ses harcèlements auraient eu raison de mon désarroi. À cette femme, ma mère, mon pire ennemi, j'aurais tout révélé.

La mauvaise conscience me taraudait. J'avais une belle voix, sans doute, et la passion du chant, pourtant je ne voyais pas au-delà. Balwin avait de l'ambition pour deux. Il avait tenté de m'insuffler sa foi, il avait mis à ma disposition son propre talent, son studio. Par ma faute, il était devenu la risée du collège, il écopait d'une punition sérieuse. Tout en frissonnant à la pensée de ce que son père pourrait dire ou faire, je maudissais ma couardise. Rien dans le ventre, aurait proclamé ma mère. Qu'est-ce qu'un glaçon, sinon une apparence de fermeté, tôt ou tard de l'eau qui vous coule entre les doigts, puis plus rien ? Décrocher le combiné, composer le numéro de l'unique camarade qui m'eût manifesté une sympathie réelle, c'était la moindre des choses. C'était au-dessus de mes forces. Quelles mesures de rétorsion M. Noble allait-il prendre ?

Une heure plus tard, la clé tourna dans la serrure. Ma mère entra, je l'entendis grommeler, convaincue d'être seule. Elle disparut dans sa chambre. Je quittai la mienne pour aller dans le salon où je me pelotonnai dans le fauteuil de papa. D'un instant à l'autre, maman allait surgir, et j'en serais quitte pour un interrogatoire en règle. Erreur complète.

Le temps s'écoula, lent comme l'ombre de midi. Combien de temps, je n'aurais su le dire. Personne ne vint me déranger. Vaguement inquiète, j'entrouvris la porte du saint des saints. Ma mère était au lit, un flacon de somnifère posé sur la table de nuit. Elle dormait à poings fermés. J'estimai préférable de la laisser se reposer.

Plus tard, après avoir essayé en vain de me consacrer à mon travail, je me retrouvai dans la cuisine où les gestes simples, routiniers, me rendirent un peu le sens des réalités. Maman, peut-être, entendit un bruit de vaisselle. Réveillée, elle m'appela auprès d'elle. Je m'y rendis aussitôt. À nouveau, elle souffrait de maux de tête abominables. Je lui posai un linge humide sur le front.

— La pire cuite de toute mon existence, maugréa-t-elle. Je ne recommencerai jamais. Le gin bon marché, c'est fini pour moi. Tiens-toi à l'écart de l'alcool, Ice. Si tu es amenée à trinquer avec des amis, veille toujours à ce que ton cavalier t'offre ce qu'il y a de mieux derrière le comptoir.

— Je ne bois pas, maman, tu le sais bien.

— Le jour viendra, assura-t-elle. Un jour de chagrin, comme on en connaît toutes.

— Veux-tu grignoter quelque chose ?

— Pas encore. J'ai l'estomac en capilotade. J'ai voulu prendre un quart de melon en guise de déjeuner. C'était trop, j'étais sur le point de vomir. Un peu de café, trésor, s'il te plaît.

Je lui apportai une tasse de café très noir, sans sucre. Elle but à petites gorgées, les yeux tantôt fermés, tantôt ouverts sur le lointain. Une seule fois, elle les braqua sur moi, regard précis, méfiant.

— Où est l'homme qui se tue à la tâche pour moi ? Où est ton père ?

— Aujourd'hui, il fait des heures supplémentaires. Il m'a prévenue ce matin. Il rentrera très tard.

— Comme par hasard. Pour une fois que sa présence me serait utile, Cameron Goodman préfère chouchouter cette saleté de magasin.

D'une main molle, elle me tendit tasse et soucoupe. Sa tête retomba sur l'oreiller comme un bloc de granit. Ses paupières s'affaissèrent.

— Encore une chose, mon ange. Un verre d'eau et deux autres somnifères.

J'hésitai. Ma mère avait besoin de repos et d'oubli, certainement. De là à se transformer en zombie… Un coup d'œil sur le contenu du flacon me renseigna sur le nombre de comprimés déjà avalés. Trop, beaucoup trop.

— Je t'en prie, murmura-t-elle. Dormir. Dormir jusqu'à la fin des temps. Pour l'instant, je ne désire rien d'autre, je n'ai rien de mieux à faire.

J'allai chercher un verre d'eau. Maman prit ses comprimés à l'aveuglette, sans rouvrir les yeux. Quand elle fut installée, je remontai les draps et quittai la chambre sans bruit.

De retour dans la cuisine, je me préparai à manger, œufs au plat au bacon, tomates persillées, orange pressée, yaourt à la confiture. J'étais loin d'avoir terminé ces modestes agapes lorsque deux coups secs furent frappés contre la porte d'entrée. Quel qu'il fût, pourquoi le visiteur n'avait-il pas utilisé la sonnette ? me demandai-je aussitôt. Je me figeai, aux aguets. Il pensera que l'appartement est vide et s'en ira.

On frappa de nouveau, avec plus d'autorité encore.

Intriguée, je pris le parti d'aller voir, non sans avoir repoussé derrière moi la porte de la cuisine.

— De quoi s'agit-il ? demandai-je avant d'ouvrir.

— J'aimerais avoir un entretien avec Mlle Goodman.

C'était la voix forte et bien timbrée d'un homme qui n'avait pas l'habitude d'essuyer un refus. Elle m'était vaguement familière. Il me fallut quelques instants pour mettre un nom sur son propriétaire. Rien de moins que M. Noble, le père de Balwin !

Il s'impatientait.

— Notre conversation ne devrait pas être longue, mademoiselle Goodman. Elle ne prendra que quelques instants de votre précieux temps.

Je n'avais pas le choix, j'ouvris. Il se tenait sur le palier, impeccable dans sa tenue de ville, costume sombre, chemise finement rayée de bleu, cravate club, boutons de manchette en or. Cet immeuble avait-il jamais reçu visiteur plus distingué ? On aurait dit un extraterrestre. Les lèvres pincées creusaient dans son menton un pli amer.

— Merci, dit-il.

Un coup d'œil circulaire souligné par un hochement de tête le confirma dans ses plus sinistres conjectures. Ice Goodman, soi-disant chanteuse, n'était qu'une pauvresse, une coureuse de dot.

— En quoi puis-je vous être utile, monsieur Noble ?

In petto j'avais déjà capitulé. À compter de maintenant, j'éviterai Balwin. Son père n'avait rien à exiger, ma décision était prise. Sans même me demander pourquoi ce personnage si respectable avait pris la peine de se déplacer pour si peu, je m'attendais à un flot d'accusations cinglantes. Moi, l'indigne, j'étais responsable du premier faux pas de toute la scolarité irréprochable du cher fiston. Comme prévu, j'avais sur Balwin l'influence la plus néfaste. Cette fréquentation devait cesser au plus vite.

— Je suis venu vous demander un service, mademoiselle Goodman.

Paroles stupéfiantes, aussitôt suivies d'une insulte qui ne l'était pas moins dans la bouche d'un homme tellement imbu de sa bonne éducation :

— Service rémunéré, il va sans dire.

Son regard glissa sur le salon, dont la porte était demeurée ouverte.

— Vos parents sont-ils là ?

— Ma mère est dans sa chambre, alitée. Elle a eu une journée fatigante, elle dort.

Tout au moins l'espérais-je. L'irruption de maman, titubante, enveloppée dans les vapeurs des somnifères, aurait produit sur M. Noble un effet désastreux.

— Serait-ce trop vous demander que de m'inviter à m'asseoir ?

Je l'introduisis dans le salon. Il inspecta les sièges avec une ostentation révoltante comme pour s'assurer qu'il y en avait au moins un – celui-ci plutôt que celui-là – auquel il pourrait confier son costume immaculé sans être obligé de le porter ensuite chez le teinturier. Si modeste fût-il, notre intérieur n'avait jamais été sale. Ma mère, dans son état normal, y veillait avec un soin méticuleux. Même affligée de la pire gueule de bois de son histoire, elle avait passé le chiffon ce matin, comme tous les matins, j'en étais certaine.

Le choix de M. Noble se porta sur le fauteuil de papa. Je restai debout.

Il joignit le bout de ses doigts.

— Bien. Sans doute êtes-vous au courant du déplorable incident de ce matin ?

J'acquiesçai.

Il inclina la tête et sourit, comme l'avait fait Thelma Williams avant de cracher ses horreurs. L'intention de M. Noble était bien différente. Au cours des minutes suivantes, je devais aller de surprise en surprise.

— Est-il besoin de le dire, ma stupeur fut considérable lorsque je reçus l'appel du proviseur. Balwin, mon fils, accusé d'avoir échangé des coups de poing avec un garçon parce qu'il s'estimait « outragé » par les propos de ce dernier ! Je me souvenais d'une scène déjà lointaine à laquelle j'avais assisté dans la cour de récréation du collège, Balwin humilié, chahuté par un groupe de filles, sans se rebeller, sans même élever la moindre protestation.

« J'en étais arrivé à la conclusion qu'il était dépourvu d'amour-propre. En dépit de ses excellents résultats scolaires et d'une certaine dignité morale, les autres pouvaient sans crainte se servir de lui comme d'un paillasson. Vous ne sauriez imaginer combien, au fil des ans, cette inertie physique était devenue pour moi un sujet d'anxiété. Quand il s'est mis à prendre du poids, sans se préoccuper le moins du monde des conséquences esthétiques de sa boulimie, j'interprétai ce phénomène comme le prolongement de sa passivité. Mon fils ignorait la fierté.

— Rien n'est plus faux! m'écriai-je. Par son intelligence et sa force de caractère, il domine la plupart des autres élèves. Vous devriez le voir jouer au piano plus souvent, monsieur Noble. C'est alors que la fierté l'illumine!

Ses mains s'écartèrent comme si je venais de trancher le lien qui les soudait. Il opina.

— En effet. Je m'en rends compte à présent, dans certaines circonstances Balwin est capable d'un mouvement d'orgueil. Il est alors soucieux de donner de lui-même une image plus flatteuse. À ses propres yeux, et pour le bénéfice des autres. (Il me dévisagea, l'œil plus conciliant.) Désormais, j'en suis convaincu, Balwin peut faire preuve de fermeté. Encore faut-il que soient réunies les conditions appropriées.

Perplexe, j'attendais la suite. Adossée au mur, les bras croisés sous la poitrine, je regardais l'homme assis dans le fauteuil de mon père.

— C'est à vous, bien sûr, que je fais allusion. Si j'ai bien compris les explications données par le proviseur, vous seriez à l'origine de cette empoignade. Balwin a retroussé ses manches pour défendre votre honneur bafoué par son agresseur. Ces trois jours de renvoi tombent au plus mal, bien sûr, dans la phase cruciale de préparation des examens de fin d'année, alors qu'il envisage son entrée dans un établissement prestigieux. Juilliard ou rien, proclame-t-il. Sur mon insistance, il s'est tout de même inscrit à Yale, ainsi qu'à Harvard.

— Monsieur Noble… commençai-je.

D'un geste péremptoire, il me coupa la parole. J'étais là pour écouter, non pour donner mon avis.

— Comment profiter de cette petite catastrophe, retourner la situation à l'avantage de Balwin ? me suis-je demandé. C'est mon métier, d'une certaine façon. À longueur d'année, tirer les gens d'embarras, transformer leurs pertes en profits. Ce principe, je devrais être en mesure de l'appliquer à une situation familiale délicate. Pour y parvenir, j'ai besoin d'un allié. Vous, mademoiselle Goodman. C'est pourquoi j'ai pris la liberté de vous rendre cette visite inopinée. Une initiative qui, de prime abord, doit vous paraître bien mystérieuse.

« Venons-en aux faits. Depuis des années, je m'efforce sans grand succès d'amener mon fils à prendre conscience de son apparence, à se voir avec les yeux des autres. J'ai tenté de lui exposer la situation, de lui démontrer l'importance de l'aspect extérieur d'un individu, indépendamment de ses qualités intellectuelles. Aujourd'hui, plus que jamais, le physique est à l'honneur. On peut le déplorer, mais c'est ainsi : les gens, dans leur majorité, jugent leurs semblables en fonction de la mine. Silhouette, propreté, maintien, jusqu'aux vêtements, entrent en ligne de compte. Il est difficile de les faire revenir sur cette première impression.

« L'habit fait le moine, mademoiselle Goodman, si j'ose dire. Les êtres que la nature a dotés d'une silhouette harmonieuse et d'un visage agréable détiennent ainsi un pouvoir considérable.

« Dans le cas de Balwin, on assiste à une autodestruction délibérée. Certes, il prend soin de lui-même et des vêtements coûteux que ses parents ont les moyens de lui offrir. Notre fils n'est pas un garçon négligé. Peu importe, les autres ne voient en lui qu'un empâté, un bouffi, un obèse, les mots ne manquent pas. Un cochon peut se parer des plumes du paon, il n'en restera pas moins un cochon.

La violence du terme me fit sursauter.

— Comment osez-vous traiter Balwin de cochon ?

Pendant cette longue tirade, M. Noble avait gardé les yeux obstinément fixés sur un point éloigné de la pièce. Il ramena sur moi un regard incertain comme s'il considérait, au-delà de la jeune fille outrée qui lui faisait face, une autre perspective, insupportable. Il ferma les yeux très fort, l'espace d'une longue minute. Quand il les rouvrit, il avait retrouvé son flegme.

— Sur le plan moral, certes non. Quantité de parents seraient enchantés d'avoir un fils aussi studieux, déterminé à réussir dans la voie qu'il a choisie en fin de compte. À le voir, cependant, on est amené à penser qu'il n'a aucune retenue concernant la nourriture. Il bouffe, mademoiselle Goodman, comme le font les cochons.

Ce jeu de massacre n'était pas fait pour me rendre plus sympathique le père de Balwin, même si je pouvais compatir avec cette obsession de guérir son fils de sa gloutonnerie. Pressée d'en finir, je posai la seule question possible :

— Vous parliez d'en venir aux faits, monsieur Noble. Qu'attendez-vous de moi ?

— Mettez-le à la diète, mademoiselle Goodman. Faites de lui un jeune homme mince et séduisant.

— Moi ?

— Vous m'avez fort bien compris. Donnez-lui l'impulsion nécessaire pour commencer un régime sérieux, avec le désir de s'y tenir. Grâce à vous, il a trouvé en lui le courage de se battre. Je sais désormais que la musique n'est pas son seul intérêt dans la vie.

« Naturellement, tout travail mérite salaire. Je suis disposé à vous faire une offre digne du service rendu… disons dix dollars pour chaque livre perdue, jusqu'à la fin de l'année scolaire.

Sidérée, je le dévisageai. Aussi indifférent qu'impitoyable, il enchaîna :

— Vingt livres évaporées vous feront gagner deux cents dollars. (Après un coup d'œil circulaire sur notre salon, il précisa :) Ce petit bénéfice sera le bienvenu, j'en suis sûr.

Mon silence et la fixité de mon regard l'amenèrent à prendre une décision rapide.

— Décidément, je sous-estime votre influence. Vous toucherez une prime supplémentaire chaque fois que la balance enregistrera une chute de cinq livres. De un à cinq, vous gagnerez cinquante dollars. De six à dix, par conséquent, on atteint cent dollars. De dix à quinze, on triple la somme qui sera quadruplée lorsque Balwin aura perdu dix kilos. Au-delà, je vous garantis quinze dollars par livre supplémentaire. Cet arrangement vous convient-il ?

J'étais anéantie.

— Ces paroles sont indignes de vous, monsieur Noble. Ce marché constitue une insulte, pour moi comme pour votre fils. Vous insistiez tout à l'heure sur l'importance de l'image que chacun projetait sur les autres. Après vous avoir entendu, j'ai l'impression d'avoir affaire à une personne vile et dépourvue de toute sensibilité. Votre fils maigrira quand il en aura pris la décision, un point c'est tout.

L'impression produite sur Ice Goodman était le cadet de ses soucis. Il ébaucha un sourire entendu.

— Ne vous emportez pas, mademoiselle. Ne vous méprenez pas. J'ai fait l'effort de venir jusqu'ici dans le seul espoir d'aider mon fils. Vous lui plaisez beaucoup, nous en sommes tous deux conscients. Un garçon amoureux comme l'est Balwin se conformera au souhait de la jeune fille convoitée. Je ne vous demande pas la lune... contentez-vous de le pousser un peu dans le droit chemin. Je n'ai pas de conseils à vous donner. Vous savez vous y prendre, j'en suis certain, pour plier un garçon à vos quatre volontés. Pour une fois, le jeu en vaut la chandelle, n'est-ce pas ? Vous serez rémunérée pour votre peine.

« Je pourrais même ajouter un petit supplément si vous obtenez un résultat vraiment visible en l'espace de quelques semaines. Considérez mon offre comme un cadeau de fin d'études. Sans commettre aucun acte répréhensible, vous aurez rendu à Balwin un immense service. Mon fils ne vous est pas indifférent, je le sais aussi. Peut-être même avez-vous pour lui une certaine affection. Pour l'instant, il a besoin de Ice Goodman. Aidez-le, acceptez ma reconnaissance et mon argent, je ne vous demande rien d'autre.

— J'ai de l'affection pour Balwin. Je n'ai pas besoin d'être payée pour l'aider si besoin est.

De la chambre maternelle s'éleva un long gémissement. Je retins mon souffle. Réveillée, maman allait faire une apparition spectrale et pousser les hauts cris en découvrant, assis dans le fauteuil de son époux, une gravure de mode, un être d'exception, étrillé, net, impeccable.

Un rêve venu d'ailleurs.

Le silence revint. Aucun bruit. Ouf. Je tirai aussitôt parti de cette interruption.

— Ma mère n'est pas bien, monsieur Noble. Excusez-moi, mais il serait préférable que vous partiez.

— Je comprends. (Il se leva sur-le-champ.) Réfléchissez, prenez contact avec moi. Le plus tôt sera le mieux, pour Balwin. Dans l'intervalle, continuez vos répétitions comme vous en étiez convenue avec mon fils. Ce petit avantage n'est pas négligeable non plus.

Une fois dans le vestibule, il ouvrit la porte. Un instant, il s'attarda sur le seuil.

— Ne soyez pas si prompte à condamner un père qui cherche désespérément à porter secours à son fils.

Sur ces mots, il s'inclina le plus gracieusement du monde, ferma sans bruit.

Je restai plantée là, incapable de réagir après le départ de ce phénomène, incapable de maîtriser la confusion de mes pensées. Maman se chargea de me ramener les pieds sur terre.

Elle émergea de la chambre, le visage reposé, les yeux frais, drapée dans sa robe de chambre dont elle serra la ceinture autour de sa taille fine.

— Seigneur, pourquoi ma fille est-elle si stupide ! s'exclama-t-elle. J'ai tout entendu. Tu viens de jeter par la fenêtre plusieurs centaines de dollars.

— Il m'était impossible d'accepter l'argent proposé par le père de Balwin, maman. Pas dans ces conditions, dans le dos de son fils. Il est mon seul ami et je l'aurais trahi ? Jamais.

— Que signifie ce raisonnement aussi moralisateur qu'absurde ? Qui aurais-tu trahi ? Ce gros gamin ? Et alors ? Dans la vie, une femme a si peu l'occasion de tirer profit de ses relations avec un homme. Neuf fois sur dix, c'est l'inverse, on se retrouve Gros-Jean comme devant. Souviens-toi de ta seule expérience, Shawn Carter. Après avoir menti, n'a-t-il pas essayé de te forcer la main en t'entraînant je ne sais où ? Ton sang-froid t'a évité la pire des déconvenues. Pour eux, rien de plus normal que d'exploiter une femme. C'est dans l'ordre des choses. Pour une fois, tu pouvais soutirer quelque chose au père tout en étant gentille avec le fils. La peur a dicté ton refus. Peur de quoi ?

Je secouai la tête, butée.

— Si cet argent t'avait brûlé les doigts, qu'à cela ne tienne, s'entêta maman, tu me l'aurais donné. J'aurais su comment l'utiliser, crois-moi.

— Et s'il s'agissait d'un piège ? Si cet homme était venu me mettre à l'épreuve pour aller tout raconter à son fils ? J'acceptais une proposition infamante et je perdais sur tous les tableaux.

Ma mère fit entendre un ricanement incrédule. Pas plus qu'à moi, cette hypothèse rocambolesque imaginée au pied levé ne lui semblait convaincante. Sait-on jamais, cependant ? Les hommes, bêtes assoiffées du sang de l'innocente, étaient capables de toutes les roueries.

Nous avions pris le chemin de la cuisine. Maman s'était assise. Je fis disparaître dans la poubelle mon reliquat d'œufs au plat.

— Admettons que cet argent soit tabou. Peut-on savoir ce que tu fabriquais au domicile de ce garçon ? Ne me cache rien.

— J'y suis allée à deux reprises, pour travailler. Dans la perspective de passer une audition.

— Je m'en doutais. Encore ce fantasme. Ton père est au courant, bien sûr.

Je l'avouai. Il n'en fallait pas plus pour ranimer son humeur belliqueuse.

— Ainsi, vous avez des secrets ?

— Pas du tout ! me récriai-je. Hier soir, je suis rentrée après son retour, très tard. Il m'a questionnée, naturellement. Je lui ai dit la vérité. Il m'a encouragée à poursuivre ces répétitions. J'aurais été aussi franche envers toi si tu n'étais pas arrivée à trois heures du matin.

Nulle insinuation malveillante dans ce rappel. Il ne m'appartenait pas de juger de la conduite de ma mère. Elle haussa les épaules.

— Tu m'aurais tout confié, cela va de soi, si tu n'avais pas une mère indigne, assez sotte pour se saouler au tord-boyaux. Tel père, telle fille. C'est son occupation favorite à lui aussi, tout me mettre sur le dos.

Je changeai de sujet.

— Tu dois commencer à avoir faim. De quoi as-tu envie ?

Elle eut, de la main, un geste bizarre, lassitude, exaspération, et s'en retourna dans sa chambre. J'aurais dû la suivre, m'expliquer davantage ou, mieux encore, l'interroger sur elle-même. Je n'en fis rien, comme d'habitude. De même que Thelma Williams, mais dans un autre genre, je n'étais qu'une pauvre gamine apeurée qui ne voulait rien savoir et rien entendre.

Une heure plus tard je lui apportai un plateau, avec du thé, quelques toasts, un pot de confiture d'oranges. Elle se laissa convaincre de manger un peu.

— Prends cet argent, fit-elle soudain sur un ton de gravité inhabituel chez une personne d'ordinaire si agitée. Ne commets pas l'erreur dont je paierai toute ma vie les conséquences. Profite de ta jeunesse, saisis tout ce qui se présente. Avant que tu n'aies le temps de dire « ouf », le père et le fils t'auront laissée choir pour porter leur intérêt sur une fille plus fraîche. L'attrait d'une femme est éphémère, tu passes à la trappe sans même t'en rendre compte. Dès lors, tout est fini, tu pourrais aussi bien être invisible. Pour eux, tu as cessé d'exister.

Sermon débité sur un ton de résignation et d'amertume par une femme qui savait de quoi elle parlait. À trente-cinq ans, ma mère restait superbe. Était-il possible qu'elle eût franchi le cap fatidique de l'« âge mûr » ? Sa conception cynique, désespérée, des relations entre les sexes était-elle fondée ?

Songeuse, je retournai dans ma chambre où je passai les deux heures suivantes à travailler. Le téléphone sonna.

Balwin.

— Tu es au courant, sans doute ? demanda-t-il.

— Balwin, j'aurais dû t'appeler, je n'ai pas osé. Je ne saurais dire à quel point je suis navrée. Il n'a jamais été dans mon intention de t'entraîner dans une sale histoire.

— Ice, ressaisis-toi, tu n'y es pour rien. L'étroitesse d'esprit, la vulgarité, le crétinisme de certains n'ont rien à voir avec toi. Ce salaud me provoquait. J'aurais dû le prendre pour ce qu'il était et l'ignorer. Aussi longtemps qu'il s'agissait de moi, je pouvais encore faire la sourde oreille. Quand il s'est mis à éructer des saletés sur ton compte, j'ai vu rouge. N'importe quel type normal aurait réagi comme je l'ai fait.

— Je sais de quoi ils sont capables. Les filles de ma classe ne m'ont pas fait de cadeau, ce matin.

Son père l'avait-il informé de son étrange visite ? Sûrement pas. Après un silence, je tâtai le terrain :

— Comment ton père a-t-il pris cet incident ?

— Mieux que je ne l'aurais cru, justement. Aucune question sur l'origine de la bagarre elle-même. Le proviseur avait dû le mettre au courant, de toute façon. Il s'est contenté de me rappeler, d'une voix sévère, que ces trois jours de suspension tombaient au plus mal. Depuis, aucune allusion. Pour ma part, je ne suis pas fâché de cette parenthèse. Elle me fournira l'occasion de m'immerger dans la musique. J'en profiterai pour achever les paroles et la mélodie de notre chanson.

— Balwin...

Qu'aurais-je ajouté si, par bonheur, il ne m'avait aussitôt interrompue ? Quelques banalités polies, rien de plus. Prise de court par la moindre difficulté, je perdais contenance, je tergiversais, j'étais incapable de donner un conseil, voire un simple encouragement.

— Je t'attends demain soir, d'accord ? Ne me fais pas faux bond, c'est alors que je me sentirais ridicule. Si toi aussi tu m'abandonnes, j'aurai le sentiment d'avoir tabassé l'affreux jojo pour des prunes.

Je ne pus réprimer un sourire.

— Entendu, j'ai compris. Prends tout de même le temps de réfléchir. Au collège, ils ne vont pas se décourager pour si peu. Les harcèlements continueront de plus belle. Est-il raisonnable de leur donner un prétexte ?

Raisonnable, le grand mot était lâché. Il bornait ma vie, mon avenir, mes relations avec les autres. En toutes circonstances, il fallait savoir se montrer *raisonnable*. J'étais atteinte de défaitisme raisonnable. Même papa, constatant une absence d'enthousiasme manifeste concernant l'éventuelle audition, avait fustigé à mots couverts mon manque d'ambition.

— J'en suis conscient, reprit Balwin. Je m'en fous. Au contraire, cette situation pourrait bien tourner à mon avantage. (Son rire se mua en une divagation satisfaite.) Ils crèvent de jalousie, c'est le fin mot de toute l'affaire.

« Voyons les choses en face, la plus jolie fille du bahut, la plus talentueuse, s'intéresse à moi, gras double, comme ils m'ont gentiment baptisé. Ces êtres frustes ne comprennent rien au pouvoir de la musique, n'est-ce pas ?

M. Noble avait raison, son fils avait pris de l'assurance. Pour moi, cette fanfaronnade innocente entrait en résonance avec les paroles maternelles. Comment avais-je pu être candide pour penser que Balwin s'intéressait à Ice Goodman uniquement en raison de sa jolie voix ? Mes yeux devaient se dessiller, il était grand temps.

— N'est-ce pas ? répéta-t-il, avec une nuance d'inquiétude.

— Le pouvoir de la musique est illimité, Balwin. Aussi longtemps qu'on a la foi.

— À demain, donc. Même heure ?

— Comme tu voudras.

— Quitte à me mettre dans le pétrin, autant que ce soit pour toi, sincèrement.

Très vite, il me souhaita bonne nuit et raccrocha.

Un autre baiser volé, pensai-je, souriante. Le pouvoir de la musique, bien sûr. Quand je chantais, je faisais la découverte d'une autre Ice Goodman, puissante, idéalisée. Je n'étais ni plus belle ni plus intelligente ; je devenais « une autre », dans une autre vie. Emportée par le vent du bonheur contre lequel personne ne pouvait rien, j'étais libre de rêver. À quoi ? Je n'en savais rien.

Quand tout cessait, la vie reprenait son cours. Le miracle n'avait pas eu lieu.

Comme l'avait fait maman, mon père aurait pu me dire : « Saisis l'occasion, ne commets pas la même erreur que moi ! Je voulais être trompettiste, je suis chef de la sécurité dans un grand magasin. » Il ne l'avait pas fait.

Pas encore.

Balwin avait parlé d'or. Aux ricaneurs de ricaner, jusqu'à plus soif. À nous, qui avions reçu un don merveilleux, de l'exhiber, comme on porte une étoile au front.

Une fois franchie la porte du Birdland[1], les sarcasmes ne nous atteindraient plus.

Ma voix sera plus belle et plus forte. Je chanterai jusqu'à l'épuisement.

Nos ennemis seront engloutis.

1. *Birdland* : Célèbre club de jazz new-yorkais, dont le nom est un hommage à Charlie Parker, surnommé *The Bird*. *(N.d.T.)*

CHAPITRE VII

RIRE AUX ANGES

Pendant le trajet entre mon domicile et la belle villa de Balwin, j'avais pris la décision de passer sous silence mon entretien avec son père. L'attitude soudain très conciliante de ce dernier à mon égard acheva de semer la confusion dans l'esprit de son fils. M. Noble poussa la gentillesse jusqu'à lui prêter sa voiture pour me raccompagner. Il se montra discret – autant dire invisible – au cours des trois heures que je passai dans le studio, sans jamais manifester d'une manière ou d'une autre la gêne occasionnée par notre « bastringue ». C'était trop de compréhension. Cette volte-face ne manqua pas d'éveiller la méfiance de mon camarade. Il m'en fit part à différentes reprises.

Le pauvre garçon aurait le cœur brisé, j'en étais convaincue, s'il venait à soupçonner que son père me payait pour venir lui rendre visite.

— Sa réaction ne finit pas de m'étonner, me confia-t-il. À se demander s'il n'est pas soulagé de ma rixe avec cette crapule de Joey Adamson. Ma mère était beaucoup plus contrariée. Elle a même suggéré que nous cessions de nous voir.

— Peut-être a-t-elle raison, marmonnai-je.

Encore une phrase gratuite, sans rime ni raison. Je ne pouvais m'empêcher de lancer ces petites provocations absurdes. Absence totale de maturité, aurait diagnostiqué ma mère.

— Jamais ! Cette histoire perdrait tout son sens. Nous passerions pour des lâches, incapables de résister aux pressions. Ils nous harcèleraient d'autant plus. (Après un silence, rayonnant, malicieux, il ajouta :) Plus grave encore, je perdrais ma source d'inspiration.

Deux jours plus tard, il était de retour au collège et reprenait le piano pendant nos répétitions. Ainsi que l'avait prévu M. Noble, fin psychologue, l'incident avait eu pour conséquence favorable de libérer son fils de toutes ses inhibitions. Il me parlait ouvertement, venait s'asseoir à ma table à la cafétéria. Nos relations avaient perdu leur absurde caractère clandestin. D'une certaine façon, la bagarre avait tenu lieu de rituel initiatique. Désormais, Balwin avait gagné le droit de marcher la tête haute. Son obésité n'était plus un objet de scandale. Ceux qui ne l'avaient pas compris devaient s'attendre à en subir les conséquences.

La leçon ne fut pas perdue pour tout le monde. Peu à peu, les moqueries s'espacèrent. Les irréductibles eux-mêmes y mettaient moins de zèle.

J'en tirai également la leçon. Une fois de plus m'était administrée la preuve que je ne comprenais rien à la vie. M. Noble était intelligent, mais pas seulement, décidai-je. Il devait avoir beaucoup d'affection pour son fils. À son insu, en effet, celui-ci n'avait pas de secret pour un père si attentif.

Je fis observer à Balwin le changement intervenu dans le comportement des autres élèves. Il haussa les épaules.

— Inutile de se faire trop d'illusions, soupira-t-il. Ils fomentent des trucs derrière notre dos.

Il jeta un coup d'œil circulaire, à l'affût de sourires sournois et de regards en coulisse.

— Que nous importe, Balwin ? Nous n'avons jamais eu besoin de leur permission pour être les meilleurs amis du monde.

Il opina, d'un vigoureux mouvement du menton. C'était le nouveau Balwin, sans peur ni reproche.

— Exact. Qu'ils pensent ce qu'ils veulent, ces avortons. En quoi cela nous concerne-t-il ?

Pour en revenir à M. Noble en dépit de ma colère pour le mépris exprimé sans fard vis-à-vis de moi et de ma famille, je voyais chaque jour se confirmer ses heureux pronostics. Décidément, cet homme au comportement odieux connaissait son fils sur le bout des doigts. Attentif à son apparence comme il ne l'avait jamais été, Balwin adopta une garde-robe décontractée, il pria son coiffeur d'imaginer une coupe plus flatteuse. Enfin, décision fondamentale, il s'adonna à de vigoureux exercices, adopta un régime sérieux... La perte des kilos commença.

Pour ma part, je me demandais s'il n'en savait pas plus qu'il n'aurait dû. Tous les deux ou trois jours, en effet, Balwin me rendait compte des progrès réalisés. Cette attitude donnait à penser que j'avais, de son point de vue, un intérêt personnel dans l'amélioration de sa silhouette.

Deux semaines plus tard, il s'était allégé de cinq kilos. Son visage, surtout, se ressentait de l'effort fourni. Le modelé de ses joues s'était considérablement affiné. Pas de doute, mon ami avait déjà gagné en séduction.

Les cours de gymnastique lui procuraient un plaisir imprévu. Il était fier de sa nouvelle musculature.

— Mon père est enchanté, m'annonça-t-il. Je me suis enfin décidé à faire usage du matériel ruineux qu'il avait acheté trois ans auparavant. Chaque soir, je consacre une heure à la culture physique.

Mes félicitations, mes encouragements, s'accompagnaient d'un sentiment de culpabilité troublant, d'autant plus injustifié que j'avais vertement décliné l'offre indigne du paternel. C'était plus fort que moi. Impossible, cependant, de feindre une indifférence que j'étais loin de ressentir. Balwin ne l'aurait pas comprise ; il m'en aurait tenu rigueur, à juste titre.

Il montrait pour le sport un intérêt inattendu à la grande surprise de son professeur. Il se fit ainsi de nouveaux camarades. On l'invitait à participer aux matchs de basket. Un mois après leur altercation, je l'aperçus dans le couloir, en grande conversation avec l'infâme Joey Adamson. On aurait juré deux copains de longue date.

Jusqu'à Thelma Williams qui se voyait contrainte de mettre une sourdine à ses critiques. La lente métamorphose de Balwin n'avait pas échappé à la bande de perruches qui composaient sa suite. Encore quinze petits kilos en moins et l'ex-bibendum se trouverait parachuté en tête de liste, dans la catégorie enviable des garçons à draguer en priorité. À ma place, maman commencerait à se faire du souci.

Un jour, dans la cohue suivant la fin du cours d'histoire, Thelma me bouscula.

— Bravo, maugréa-t-elle. Tu as une bonne influence sur ton mec. Pourvu que ça dure.

Ce disant, elle avait l'expression de quelqu'un qui vient d'avaler une purge.

Je me rebiffai.

— Balwin n'a besoin de personne pour prendre une décision. Mets-toi dans ton odieuse petite caboche qu'il n'est pas mon mec. Il est assez grand pour marcher sans béquilles.

Je vis leurs sourcils se froncer. Ice Goodman changeait, elle aussi. Elle parlait plus volontiers, tout le monde l'avait remarqué.

Thelma me rit au nez. Elle échangea avec ses acolytes un regard de connivence.

— À qui feras-tu croire ça ? Plaque-le, on verra s'il tient debout.

Le petit groupe des enquiquineuses s'éloigna dans un grand éclat de rire. Je restai désemparée, à me demander jusqu'à quel point elles avaient raison. Balwin, « mon mec » ? Nous n'avions échangé qu'un chaste baiser amical. De quel droit se figuraient-elles que nous avions une liaison incendiaire ? Du fait que nous passions beaucoup de temps ensemble, au vu et au su de tous, mon ami musicien et moi ? La vraie raison était plus sordide : pour ces demoiselles, les relations entre filles et garçons passaient nécessairement par des coucheries. Elles ignoraient l'amitié.

— Une seule chose nous rapproche, la musique, expliquai-je à Arlene Martin et Betty Lipkowski, alors qu'elles me demandaient pourquoi mon choix s'était porté sur Balwin plutôt que sur d'autres camarades, nettement plus sexy et affriolants, lesquels ne faisaient plus mystère de leur intérêt à mon égard.

— La musique, et rien d'autre ? insista Arlene.

— Elle tisse entre les êtres qui ont la chance de s'y intéresser des liens profonds, assurai-je. De son côté, Balwin ressent la même chose. Quand il m'accompagne au piano, nous ne faisons qu'un. Aucun garçon ne pourra m'offrir cette paix, cette confiance, cette communion d'esprit. Cette sensation très précieuse est affaire d'émotion et d'intelligence.

Elles me dévisagèrent, sérieuses. Betty esquissa un sourire.

— Au fond, quelle différence avec l'amour ? murmura-t-elle avec un soupçon d'envie.

— Peut-être aucune, répondis-je. Mais cela n'a rien à voir avec le sexe. Ce dont je parle est plus mystérieux, mille fois plus passionnant.

Cette fois, elles me regardèrent comme si j'avais perdu la tête. Bientôt, la nouvelle se répandit. Non, nous n'étions pas amants. Nous faisions l'expérience d'un rapport singulier, unique, dont la musique était le ciment. Ces rumeurs alimentèrent plaisanteries et conjectures. Elles aiguisèrent la curiosité. Conscients d'être l'objet d'une attention méticuleuse, nous surveillions nos paroles, nos gestes, nos poignées de main comme il se doit quand on est dans l'œil de la caméra. Assumant son rôle de vedette, Balwin en profita pour peaufiner son apparence. Ma mère aurait applaudi à cette fringale de séduction. Le résultat ne se fit pas attendre : chaque semaine, le pianiste devenait plus charmant.

Pendant les répétitions de notre chorale, tous guettaient entre Balwin et moi quelque indice susceptible de les mettre sur la piste de ce lien magique, cet éclair, cet instant de reconnaissance réciproque jailli de la musique.

Balwin jouait avec une concentration extrême, au plus près de ma voix. Celle-ci avait pris de l'ampleur, ma fougue entraînait les autres, pour le plus grand plaisir de M. Glenn.

— Quel concert nous allons donner ! prédisait-il. Inoubliable...

L'avant-veille du concert de fin d'année, Balwin vint me chercher au pied de mon immeuble pour une séance de répétition « intensive » dans son studio. La mélodie composée en mon honneur était enfin achevée, il avait hâte de me la faire entendre. Il était aussi pressé d'enregistrer un second disque, fruit de notre travail, qu'il ferait parvenir à Edmond Senetsky. Un avant-goût de l'audition, précisait-il.

Satisfait de l'évolution esthétique et psychologique de son fils, M. Noble envisageait de lui offrir sa propre voiture.

Balwin était encore sous l'effet de la surprise.

— Je n'ai rien demandé ! s'écria-t-il. Il a abordé la question de lui-même, sous l'angle pratique. Dans l'hypothèse où ma vie privée deviendrait plus active, surboums, petites amies, etc. J'aurais alors besoin d'une plus grande autonomie. Par conséquent, une voiture deviendrait indispensable. Mon père m'a tenu ce raisonnement hier, avec le plus grand sérieux. Je croyais connaître cet homme. Je me trompais.

Quand les circonstances, de plus en plus fréquentes, m'amenaient à rencontrer son père dans le vestibule, il me gratifiait d'un sourire de bienvenue. Toute la famille profitait de l'agréable changement. La bonne humeur paternelle irradiait vers Mme Noble. Il en avait toujours été ainsi, expliqua Balwin. Le moral de son père se répercutait aussitôt sur celui de sa mère.

— Depuis quelques semaines, chez nous, l'ambiance n'est plus la même, ajouta-t-il. Un vent d'euphorie souffle dans la maison du matin au soir, je n'en reviens pas. Le croiras-tu ? Il nous arrive, mon père et moi, d'avoir de vraies conversations. Je ne saurais l'expliquer mais tu y es pour quelque chose, j'en mettrais ma main au feu.

Je ne me suis jamais donné la peine d'apprendre à mentir. Mes protestations devaient manquer de conviction.

— Moi ? Quelle idée saugrenue !

Balwin me jeta un coup d'œil oblique.

— Ne fais pas l'innocente. Il s'agit d'un phénomène complexe dont la logique m'échappe encore. Je n'ai qu'une certitude : depuis que nous avons commencé à travailler ensemble, s'est enchaînée une suite cohérente, régulière et nécessairement positive d'événements. Le monde a repris les couleurs de l'arc-en-ciel. Tu es entrée dans mon existence, le gris en est sorti. Accepte le compliment pour ce qu'il est, un fait objectif. Une réalité dont je profite chaque jour.

Je regardai au-dehors, Philadelphie à l'heure du crépuscule. Ces éloges m'allaient droit au cœur, bien sûr, pourtant ils m'entraînaient irrésistiblement vers ce coin d'éternelle angoisse que chacun porte en soi. Point d'arc-en-ciel sans orage, me soufflait mon intuition.

Il se lèverait, tôt ou tard.

Entrer chez Balwin, c'était pénétrer dans le royaume du silence. Ce soir-là, il était plus dense qu'à l'ordinaire. La villa semblait déserte. M. Noble avait pris l'habitude, à chacune de mes visites, de faire une apparition courtoise sur le seuil du salon. Il n'en fut rien.

— Ils sont absents, expliqua mon compagnon. Invités à dîner chez un client de mon père. Ma mère tenait à ma présence, j'ai gentiment invoqué un rendez-vous personnel pris de longue date. Qu'à cela ne tienne, a lancé mon père. L'affaire était entendue.

Il fallait toujours y regarder à deux fois avant de contrarier sa mère, aurais-je voulu répliquer. Étais-je la mieux placée pour aborder ce sujet ? Balwin ne m'en laissa pas le temps. Il me fit son sourire le plus séduisant.

— Entre lui et moi, ces soirées fastidieuses chez les clients importants étaient devenues un sujet de querelle latent. Il insistait pour que je fasse preuve de politesse envers des inconnus assommants dont la fréquentation comptait pour son cabinet. (Balwin haussa les épaules.) Mon père est devenu pour moi des plus incompréhensibles.

Déjà, il descendait l'escalier conduisant au studio. J'étais sur le point de refermer la porte. Une grande ombre m'enveloppa. Un nuage passait sur la lune et le vestibule fut enrobé de nuit. À mon tour, je m'engageai dans l'escalier. Je trouvai Balwin installé devant son piano.

— Paroles et musique, mon œuvre est achevée, murmura-t-il gravement.

Installée dans le creux du piano, je pris la pose de l'auditrice.

Il laissa se déployer la mélodie. À mi-voix, il entonna la première partie du poème, déjà entendue, puis enchaîna :

Yes, there is music in the silence of her smile.
There is a melody in her eyes.
When she looks at me,
I feel my heart begin to sing.
I feel the glory that her lips can bring.

I undestand the true reason for the spring
The burst of blossom, the song of birds
And I lift my own lips and eyes to be caressed
by her bejeweled voice.
So play, play this song of you.
Play for the old and play it for the new.
Play at the break of day and play in the
twilight hour.
Play away the sadness and the sorrow.
Walk before the saddest eyes you see.
Walk and bring the music back to me[1].

Ses mains quittèrent le clavier, il se redressa. Je le dévisageai. Que faire d'autre ? La musique tournoyait dans ma tête, j'avais enregistré chaque note. Comme mon silence se prolongeait, il m'interrogea d'un sourire :

---

1. Oui, son sourire donne un goût de miel dans la bouche.
Elle chante avec les yeux.
Quand ils se posent sur moi,
La joie me secoue comme un tonnerre.
Ses lèvres sont une promesse de bonheur.
Elle me regarde,
Et je vois se lever le premier matin du monde.
Fleurs, oiseaux, miracles, au son de sa voix,
Vous dansez sur les sources du ciel.
Belle-de-nuit, belle-de-feu, belle-de-jour,
Ta présence est le gouffre affolant de mes songes.
Mon piano joue pour un seul être
En qui se rassemblent l'hier et l'aujourd'hui.
À la pointe du jour, à l'heure infusée d'ombre,
Mon piano chasse la misère du temps.
Étoile,
Marche aux yeux de tous,
Marche devant celui qui ne demande rien.
Il porte en lui toute l'infortune de la terre
Et son amour par-dessus,
Comme une mélodie. (N.d.T.)

— Qu'en penses-tu ?

Je hochai la tête. Que faire d'autre ? Vivement, il se leva. Son visage portait tous les signes de l'espoir et de la confusion.

— Ice, pourquoi pleures-tu ?

D'un index hésitant, il effleura une larme qui coulait le long de ma joue. Tel saint Thomas, il devait toucher pour y croire vraiment. Il porta son doigt à sa bouche.

— C'est très beau, murmurai-je. Paroles et musique.

— Tu es belle. Tu mérites ce qu'il y a de mieux en moi.

Son visage se penchait vers le mien, insensiblement. J'aurais pu reculer, me détourner. Je n'en fis rien. Nos lèvres se joignirent. Long baiser digne de la grande période hollywoodienne, langoureux, indolent. Un baiser qui avait la vie devant soi. Pas d'embrassements brutaux, de mains plaquées, crispées, dévoreuses. Nous restions l'un en face de l'autre, bras ballants. Quand Balwin recula, ses yeux restèrent clos. Il retenait la saveur d'un moment délicieux entre tous.

— Le monde et la musique ne font qu'un. Il suffit d'un baiser pour les mettre en harmonie. Recommençons.

Son audace soudaine, me fit sourire. À quoi bon me soustraire à ce désir d'harmonie universelle ? Tout travail mérite salaire, avait justement dit M. Noble. Cette chanson dont j'étais la dédicataire était splendide ; à ce jour, le sommet de l'art de Balwin. Il avait dû suer sang et eau pour en arriver là.

Cette fois, pourtant, sa main gauche se posa sur ma taille, sans insister ; l'autre, sur l'arrondi de mon épaule. Après une hésitation, je l'enlaçai, les doigts croisés derrière sa nuque. Un pouvoir magnétique soudait nos lèvres. Petit fragment de volupté, ce baiser nous maintenait en équilibre au bord du gouffre.

Plus tard, il prononça les mots que j'attendais et connaissais déjà.

— Pour moi, la musique était le seul moyen d'exprimer mes sentiments à ton égard. (Il appliqua sa main sur son cœur.) Ils sont inscrits là depuis longtemps.

J'acquiesçai. Il me prit par la main, m'entraîna vers le canapé. Assis l'un à côté de l'autre, nous ne fîmes rien d'autre qu'explorer nos visages, comme si nous partions à la découverte de l'Amérique. Le génie créatif brûlait en lui. Grâce à ce don, Balwin transposait immédiatement ses peines et ses joies, si passagères fussent-elles, dans le monde durable de l'art. Transcendée par le talent, son affection pour moi dépassait infiniment l'éphémère d'un regard ou d'un baiser.

Pour l'instant, Balwin Noble m'aimait de tout son être. Cette sincérité, cette soif de réciprocité m'envahissaient peu à peu et menaçaient de tout emporter si je n'offrais aucune résistance.

Autant dire les choses comme elles étaient. J'avais peur, moins pour moi que pour ce garçon qui mettait son cœur palpitant entre mes mains. Cet amour absolu, je n'étais pas de force à le recevoir. Je me sentais face à lui aussi vulnérable qu'une tortue hors de sa carapace.

Loin d'être aussi profonds que les siens – selon toute apparence –, mes sentiments pour lui s'étaient enrichis, sans changer de nature : il restait mon meilleur ami, quelqu'un pour lequel j'éprouvais une admiration profonde. Ses yeux quémandaient un aveu dont j'étais incapable.

Cette sécheresse faisait-elle de moi un monstre d'égoïsme ? Une femme, une femme ordinaire telle que l'était Ice Goodman, pouvait-elle éprouver pour un homme autre chose que la tendre inclination qui me poussait vers Balwin ? Je ne savais rien de l'amour. Pas plus que lui, soit dit en passant. Ce sentiment extrême exigeait avant tout un certain effacement de soi par rapport à l'autre. Un être devenait à vos yeux plus précieux que la terre entière. Sous peine de drames et de malheurs irréparables, cette attention particulière devait être payée de retour.

L'amour de Balwin pouvait-il, en l'état actuel, être payé de retour ? Allait-il perdre pied si je lui faisais comprendre – avec ménagement – qu'il n'en était rien ? Ma mère aurait éclaté de rire, et cependant... Il fallait une infinie confiance en soi, une grande force intérieure pour faire à quelqu'un une déclaration d'amour. Prononcer ces simples mots ! « Je vous aime », c'était s'exposer aux moqueries, au rejet, à la plus abjecte solitude. Qu'advenait-il alors dans l'hypothèse probable où l'amant dédaigné surmontait sa déception ?

Était-il à jamais vacciné contre l'amour ?

Une fois de plus, je me réfugiai dans le silence. Balwin avait-il deviné mon débat intime ? Son troisième baiser avait perdu en ferveur ce qu'il gagnait en sensualité. Puis il me baisa les paupières, le front, les tempes. Se saisissant de moi à pleins bras comme d'une gerbe, il ne dissimulait plus son exaltation grandissante. Je ne faisais toujours rien pour me dérober à son emportement, j'étais la passivité faite femme. La pensée fugitive de la répétition prévue me traversa l'esprit. Mon cher camarade n'était-il pas en train de succomber lui-même au doux péché de l'égoïsme ?

Quand ses mains se glissèrent sous mon pull, je fus surprise de la dextérité avec laquelle elles dégrafèrent mon soutien-gorge. Pour un adolescent a priori dépourvu d'expérience, il faisait preuve d'un certain savoir-faire. Résultat d'heures innombrables passées devant les films érotiques programmés à satiété sur toutes les chaînes de télévision ? Bien pratique, le studio en sous-sol. Informé des dérives de son fils, M. Noble n'aurait pas manqué d'y mettre bon ordre. Quant à moi, j'avais depuis quelques instants perdu le contrôle de mes réactions. Le corps a ses raisons que la raison ne gouverne pas toujours.

Il était encore temps de rappeler : « Je suis venue pour travailler. Je voudrais passer avec succès cette audition et je compte sur toi. Le reste peut attendre. »

Peut-être m'en aurait-il aimée davantage. Sans doute. Je ne le saurais jamais car ces mots restèrent coincés dans ma gorge. Désemparée, je me pliai à ses caresses, j'abdiquai sur tous les fronts. Je cédai à un vertige de sensations nouvelles. La prudence recommandait de fermer les yeux.

— Je t'aime, déclara-t-il avec ferveur.

Paroles de vent, aurait dit ma mère. Ils disent tous la même chose au même moment.

Je m'enhardis à le regarder. Visage radieux. D'une main, il se débattait avec ses vêtements. Le contact de ses cuisses nues contre les miennes entre lesquelles il s'insinuait; ce mouvement définitif provoqua le résultat inverse de celui qu'il escomptait. Une douche froide. La réalité fondit sur moi d'un seul coup.

Avais-je choisi en toute conscience d'en arriver là ? Quand bien même, le moment était-il opportun ? L'orage du sang était-il en moi si violent que je n'étais plus en mesure de disposer de ma propre personne ?

Je hurlai.

— Arrête ! Balwin, je t'en prie. Je ne veux pas. Pas maintenant, pas comme ça !

Il se redressa, baissa sur moi un visage méconnaissable, les yeux hagards. Balwin dans sa version « lubrique » considéra son état et prononça une réplique que j'aurais trouvée presque comique s'il s'était agi d'un téléfilm de série Z, tellement elle semblait en deçà des mots qu'exigeait la situation.

— Je suis désolé, vraiment.

En toute hâte, il rafistola le désordre de ses vêtements.

Après tout, aurait-il pu plaider, qu'avais-je fait pour nous empêcher d'en venir à cette extrémité ? Rien, hélas ! Une fille bien, en pleine possession de ses moyens, ne laisse pas un garçon glisser les mains sous son chandail et lui peloter les seins. Comme il se détournait, j'en profitai pour remettre mon soutien-gorge en place et l'agrafer. Je mis de l'ordre dans mes cheveux. Il était sur le point de se lever. D'une main sur l'épaule, je le retins. Le Balwin de tous les jours fixa sur moi un regard accablé.

— Primo, je ne suis pas prête. Secundo, cela ne colle pas avec notre chanson, pas du tout. Je ne sais plus que croire.

Il parut sur le point de fondre en larmes (de crocodile, me soufflait la voix maternelle), se ressaisit très vite. En un clin d'œil, il fut debout. Il lui fallut un bref instant pour retrouver le sens de l'orientation. Son aiguille intérieure indiquait toujours la même direction, celle du piano.

Il le rejoignit à toute vitesse.

— Au boulot, dit-il, fourrageant dans le monceau des partitions.

Pourquoi éprouvais-je le besoin stupide d'insister, de me justifier ? Pourquoi mes actes et mes paroles étaient-ils toujours en porte à faux par rapport à la situation ?

— Je prends ma part de responsabilité, murmurai-je.

Alors seulement, il se sentit capable de me regarder à nouveau.

— Quoi qu'il en soit, tu as bien fait. Moi-même, au plus fort de mon émotion, je conservais un doute.

Songeant à un cantique si souvent chanté à l'église, j'ajoutai :

— *You were'nt the only one in muddy waters* [1].

---

1. « Tu n'étais pas le seul à te débattre dans l'eau noire. » D'où le pseudonyme que s'était choisi un grand chanteur, grand guitariste, maître incontesté du blues de Chicago, Muddy Waters (1918-1983). *(N.d.T.)*

Un sourire fugace se peignit sur son visage, chassant le malaise.

— Ainsi, tu n'as jamais...

Je secouai la tête.

Cette confidence, je ne sais pourquoi, fut pour lui un immense réconfort. Il reprit du poil de la bête. Dans ce domaine, j'aurais pourtant juré qu'il n'avait pas tellement d'avance sur moi.

— Je suis loin d'être une spécialiste, mais il en va des rapports sexuels comme du reste. Il faut savoir attendre le moment favorable.

Son rire me fit du bien.

— C'est comme la naissance d'un enfant ? suggéra-t-il. Il faut patienter jusqu'au jour J.

— Crois-tu que je sois bien placée pour te renseigner ?

À nouveau, il s'esclaffa, puis très vite :

— Nous sommes des enfants, mais tu as plus de maturité que moi. Beaucoup plus. Revenons-en aux choses sérieuses.

Je m'approchai du piano. Cette parenthèse désopilante aurait pu mal tourner, créer entre nous une blessure que rien n'aurait pu cicatriser. Grâce à Dieu, nous avions évité le pire, l'issue banale de la plupart des relations adolescentes, pages vite tournées. Au lieu de quoi, nos rapports semblaient libérés d'une fâcheuse ambiguïté. Mots et gestes coulaient de source. Quelqu'un avait rengainé l'épée de Damoclès. Nous resterions innocents et contents de l'être, jusqu'au jour J, s'il devait advenir. Les attouchements maladroits prêtaient à la rigolade plutôt qu'aux larmes. Point de regrets. La musique pouvait s'épanouir entre nous.

Jamais ses doigts n'avaient été plus virtuoses ; je chantai avec une allégresse étonnante. Ce fardeau tombé de nos épaules, savions-nous auparavant qu'il était si lourd ?

— Si tu tiens cette forme le jour de l'audition, pas de doute, tu es admise, annonça Balwin une demi-heure plus tard.

— Cela dépend de toi. Si c'est toi qui m'accompagnes, je me sentirai forte. Tu seras là, n'est-ce pas ?

— Attendons de connaître les conditions posées par Mme Senetsky. Je serai dans la salle, de toute façon. Si j'ai la permission de t'accompagner, compte sur moi.

Il me fit une petite place sur le siège. Je posai ma tête sur son épaule.

— Merci. Sans tes encouragements, je n'aurais jamais cru en moi.

Entre ses lèvres tremblantes s'échappèrent des mots tendres et vibrants. Je lui avais donné bien davantage. Avant moi, sa vie n'avait pas de sens, etc.

Nous échangeâmes un baiser imprudent. Un baiser prématuré. Sa main, d'instinct, se nicha dans le creux de ma hanche. j'avais la tête renversée, sa bouche me chatouillait la gorge. Un frisson me parcourut. Allions-nous, si vite, retomber dans l'eau noire ? Étions-nous si vulnérables, semblables au commun des mortels ? Thelma Williams avait raison. Sous mes grands airs, je ne valais pas mieux qu'elle.

Il était encore temps de le repousser à nouveau. En avais-je tellement envie ? Les gestes de l'amour s'apprennent si vite. J'étais déjà moins passive, j'y mettais du mien. La petite voix s'amenuisait, celle que l'on devrait toujours écouter. Ice, tu te fourvoies, vous allez tout gâcher. Ice, dans quelques instants il sera trop tard. Fais vite !

Mes mains me trahissaient. Mes propres mains, en train d'ôter mes sous-vêtements ! Ice Goodman avait cessé d'exister. Celle-ci, l'innommable, se cambrait pour recevoir les petits coups de langue dardés contre son ventre. À qui appartenaient ces gémissements ridicules ?

Nous étions sur le tapis berbère. Balwin avait saisi mes reins d'une poigne ferme. Où était passé le jeune homme timide qui guettait mon arrivée derrière la porte ? Ses jambes m'enlacèrent. Il me souleva de façon à pouvoir me regarder bien en face.

— Je suis un vrai Monsieur muscles, fit-il, les yeux plissés de rire. Grande et belle comme tu es, je pourrais te hisser à bout de bras et te faire tournoyer au-dessus de ma tête.

Du moins ne prenait-il pas notre rechute au tragique. L'avait-il prévue ? La vraie réponse tomba sur moi comme la foudre. C'est tellement moins important pour lui que pour toi ! Le pessimisme maternel avait laissé sur moi sa marque indélébile. Une question malvenue s'insinua dans le clair-obscur de ma conscience. Ce beau tapis tissé dans un pays lointain, de quelles fantaisies avait-il été le témoin depuis qu'il ornait le sol du studio de Balwin Noble ?

— Éteins la lumière, chuchotai-je.

Il s'exécuta sans se faire prier, avec un commentaire dont j'aurais volontiers fait l'économie.

— Je comprends. Il est certains spectacles impossibles à supporter pour des yeux candides.

— Ce n'est pas ça, pas exactement.

— À quoi bon le nier ? Ferme les yeux. Quand je reviendrai dans l'obscurité, je serai aussi nu que la vérité. Prends-moi comme tel.

Bras noués, bouches collées l'une à l'autre. Thelma Williams est passée par là, raillait la petite voix impitoyable.

— L'eau noire s'éclaircit-elle ? fit-il dans mon oreille.

Noire, elle l'était toujours autant, mais je n'en avais cure. J'y plongeais la tête la première. Encore une bataille de perdue. Cette défaite risquait de coûter cher, très cher. La curiosité, plus que la passion, me poussait en avant. Je saurais enfin à quoi m'en tenir sur ces folles étreintes dont toutes les filles parlaient.

Et si l'expérience devait m'ôter le respect d'un gentil garçon, j'aurais appris autre chose, à savoir que maman avait raison : il n'existait pas de gentil garçon.

Balwin revint comme il avait dit, sans rien sur le dos. Il s'allongea auprès d'une créature vibrante. Les chercheurs de trésor, tout près du but, devaient ressentir cette fièvre de tout le corps.

Ce fut alors que la clé tourna dans la serrure de la porte d'entrée. Balwin bondit sur ses pieds. En moins de temps qu'il ne faut pour le dire, littéralement, Monsieur muscles était rhabillé.

Pour ma part, après avoir rassemblé mes sous-vêtements, et le reste, je courus me réfugier derrière le bar où je me vêtis en toute hâte. Du vestibule nous parvenait la voix joviale de M. Noble, à laquelle faisait écho le rire de son épouse. Pour moi, la première preuve tangible de l'existence de cette dernière puisque, aussi bien, Balwin n'avait pas éprouvé le besoin de présenter à sa mère la fille de ses rêves. Mme Noble, de son côté, n'avait jamais cherché à faire ma connaissance.

Dans vingt secondes, le père allait descendre pour constater de visu, les progrès de son fils. Et ce nigaud, là-bas, déboussolé, qui ne songeait à rien !

— La lumière ! chuchotai-je. Allume quelque chose, vite.

Il appuya sur l'interrupteur le plus proche, celui de la lampe du piano, lueur parcimonieuse, propre à éveiller tous les soupçons. Assis sur son tabouret, il joua les premières mesures de *Night in Blue*. Je le rejoignis en un éclair. Penchée par-dessus son épaule, j'affectai de scruter la partition.

M. Noble nous découvrit dans cette attitude studieuse.

— Encore au travail, à cette heure-ci, lança-t-il depuis le seuil.

— Oui, papa.

— Il se fait tard, fiston.

Pas un mot de plus. La porte fut refermée, les pas gravirent l'escalier.

Je m'éloignai aussitôt. Nous échangeâmes un long regard plein de choses significatives, toutes contradictoires.

— Tout va bien, souffla Balwin. Il n'y a pas lieu de s'inquiéter, vraiment.

— Je rentre.

Il acquiesça, me précéda dans l'escalier.

À peine avions-nous fermé la porte du sous-sol que M. Noble montra le bout de son nez. Le sourire s'était fait moins amical.

— La pénombre favorise l'inspiration, certains poètes l'affirment, dit-il en nous dévisageant l'un après l'autre. Notre retour a interrompu une séance de répétition, n'est-ce pas ?

Balwin se tourna vers moi, désemparé. À nouveau, je m'interrogeai au sujet des qualités pédagogiques d'un père, si bien intentionné soit-il, dont la seule apparition transformait son fils en véritable chiffe molle.

— Évidemment, répliquai-je. Pour quelle autre raison me trouverais-je ici ?

— Évidemment, répéta M. Noble.

Il me gratifia d'un rictus glacé.

Était-il fier de lui, cet homme qui s'estimait pétri de sagesse et ne réussissait, à ce moment précis, qu'à se rendre odieux ?

Sans attendre Balwin, toujours planté comme un piquet, j'ouvris la porte, soulagée d'échapper à une atmosphère devenue irrespirable. Mon compagnon profita aussitôt de la brèche ouverte.

Aucun mot ne fut échangé avant que la voiture n'eût tourné le coin de la rue. Le conducteur me jeta un coup d'œil inquiet.

— Cette séance doit te laisser sur une impression déplorable. Pardon pour tout.

— Il serait préférable d'espacer nos répétitions, répondis-je.

Il opina, sans enthousiasme.

— Ice, il faut songer à ton audition. Remettons notre prochaine rencontre au lendemain du concert de samedi. D'accord?

— Nous verrons.

J'étais loin de me douter des conséquences de ma brève hésitation. Tant sur Balwin que sur nos relations en général.

Le public venait toujours nombreux assister à nos concerts, programmés au début du printemps. L'orchestre, la chorale, plusieurs fois primés l'un et l'autre, donnaient l'assurance d'un spectacle de qualité. Des gens se déplaçaient, dont les enfants n'étaient même pas musiciens. Ils savaient d'expérience qu'ils en auraient pour leur argent.

En général, le produit de la recette servait à la bourse d'un apprenti musicien très doué, issu d'un milieu modeste. Le nom du ou des lauréats était annoncé avant la dernière pièce chantée, toujours en fin de programme.

M. Glenn appelait le proviseur à qui revenait le privilège de proclamer l'identité des lauréats. Le nom de Balwin, bien qu'il fût loin de correspondre à la définition du « gosse de pauvre », courait sur toutes les lèvres. Depuis plus de deux ans, il s'était porté volontaire pour accompagner notre chorale; au cours des concerts précédents, il avait démontré ses talents de soliste, pour le plus grand plaisir de l'assistance.

M. Noble n'avait jamais dissimulé son manque absolu d'intérêt pour les dons artistiques de son fils. Il était pourtant difficile de ne pas donner le change après le déluge d'applaudissements, les compliments, les accolades. Au fait, que pensait Mme Noble? Mystère. Son mari jouait les papas orgueilleux, sans déguiser son souhait de voir le fiston s'engager dans une carrière plus prometteuse sur le plan financier. S'il n'avait pas été reçu au concours d'admission à Juilliard, son père aurait exercé sur lui des pressions considérables pour qu'il entre à Harvard, à Yale, où son dossier avait d'ores et déjà été accepté, dans le but de décrocher un MBA[1]. Balwin me l'avait dit lui-même.

— Il doit coûte que coûte se délivrer de ses lubies, réponse favorite de M. Noble, si d'aventure on faisait allusion à l'éventuelle poursuite des études musicales de son fils.

L'amour du piano, pour lui, ressemblait à une maladie, à un virus, à un chancre qu'il fallait extraire de la tête et du cœur de Balwin.

— Espoir prématuré, soupirait M. Noble. Mais je n'ai pas dit mon dernier mot. Ce garçon est intelligent. Avec le temps, il reprendra ses esprits.

Les applaudissements étaient agréables à entendre, assurait-il, l'air ravi, à ses amis, ses relations parmi les autres parents d'élèves. Si l'on voulait se donner la peine de regarder la vérité en face, ce plaisir fugace n'offrait aucune garantie concernant l'essentiel, un mode de vie décent, logements, vacances, loisirs... Tôt ou tard, Balwin devrait prendre conscience de ces réalités. Il se tournerait alors vers un plan de carrière plus ambitieux, quitte à suivre la voie choisie par son père pour dépasser celui-ci. M. Noble voyait volontiers son fils en conseiller financier, cadre supérieur dans une grande entreprise où il exercerait les fonctions enviables de directeur du service économique.

M. Noble apostrophait quelqu'un :

— Vous en connaissez beaucoup, d'artistes vivant dans l'opulence ? Tout le monde ne peut pas devenir Frank Sinatra !

Ce soir-là, pendant l'entracte, je l'entendis proférer ce genre de billevesées. Exaspéré, Balwin chuchota

1. MBA : *Master of Business Administration,* équivalent d'un doctorat de gestion.

quelque chose à l'oreille de sa mère, un prétexte pour s'éloigner.

Mes parents étaient là aussi, l'un et l'autre sur leur trente et un. Ma mère avait pris place devant sa table de toilette bien avant mon départ de la maison. Toutefois, en allant lui dire au revoir, je n'avais pas osé demander pour qui ou pour quoi elle se mettait en frais. Ce fut donc une divine surprise de la voir apparaître, plus séduisante que jamais, dans sa robe chemisier bleu nuit, soulignée d'un simple collier de perles, maquillage et coiffure impeccables. La musique classique ou liturgique, merci, très peu pour moi, il n'est rien de plus soporifique ! Combien de fois n'avais-je pas entendu cette profession de foi ?

Cette année, elle avait fait l'effort de venir, manifestant avec éclat, me semblait-il, l'intérêt nouveau qu'elle ressentait pour sa fille, dans tous les aspects de son existence. Invisible, elle était encore loin de l'être, à en juger par l'attention flatteuse dont elle était l'objet de la part des hommes, à commencer par M. Noble. Dans son cas, il est vrai, il pouvait s'agir d'un simple mouvement de curiosité. Puisque les circonstances lui en étaient offertes, autant regarder à quoi ressemblait la famille de Ice Goodman.

Pour moi aussi, le spectacle du couple formé par mes parents « hors de la maison » fut l'occasion d'une découverte.

À première vue, de toute évidence, cet homme et cette femme n'avaient rien à faire ensemble. À la grâce, à la désinvolture de ma mère répondait la gaucherie paternelle. Non qu'il manquât d'allure, ce géant aux yeux débonnaires, mais il se sentait là comme un éléphant dans un magasin de porcelaine. Sa cravate lui allait aussi bien que la corde au cou du condamné. De temps à autre, maman m'adressait un sourire rayonnant. Parfois, j'avais droit à une œillade complice de la part de mon père. À plusieurs reprises, j'entendis le rire indulgent dont sa femme accueillait les compliments sur sa bonne mine. Papa me regardait, il levait les yeux au ciel. Je ressentis l'impression désagréable qu'il s'en moquait. Désormais, les succès remportés par Mme Goodman n'étaient plus l'affaire de M. Goodman, ni dans un sens ni dans l'autre.

L'entracte s'achevait. Les musiciens furent invités à rejoindre les coulisses. La seconde partie du concert comportait trois pièces instrumentales, suivies d'une composition pour chœur et orchestre. Applaudissements nourris. Après quoi il se fit un grand silence. M. Glenn prit le micro pour annoncer que cette année, le collège présentait plusieurs candidats d'un très haut niveau, susceptibles de bénéficier d'une bourse d'études. Il laissa la place au proviseur.

Celui-ci entreprit de dresser le panégyrique de Balwin Noble, aussi généreux que talentueux. Peu avare de son temps, cet élève modèle, musicien accompli, n'avait pas hésité à prêter son concours aux répétitions de la chorale formée par les enfants de l'école primaire, pour lesquels il avait imaginé, préparé un petit concert donné quelques mois auparavant.

L'assistance se leva pour applaudir le jeune prodige. Balwin monta sur la tribune afin de recevoir son prix. Après un bref coup d'œil dans ma direction, il remercia l'école, ses chers parents qui l'avaient toujours encouragé, jura de faire bon usage des subsides qui lui étaient accordés.

À nouveau, la foule se fit très attentive. Le proviseur entretenait le suspense, il prenait tout son temps. Ayant chaussé ses lunettes, il commença la lecture d'un texte sans doute écrit par M. Glenn. On entendit la description d'une jeune personne, « véritable révélation, si grande est sa modestie. Rien ne permet de discerner le trésor sous tant de discrétion. Elle passe inaperçue jusqu'au moment… ». Le proviseur parcourut des yeux le public… « où vous avez le privilège de l'entendre chanter. Aucun doute, alors, n'est plus permis. Vous êtes sous le charme. Nous sommes fiers, nous sommes heureux d'offrir cette bourse à celle qui a toutes les qualités pour restituer au centuple le service que nous lui rendons aujourd'hui, Mlle Ice Goodman ».

Sur le moment, je n'entendis rien. Ou plutôt, j'entendis un nom qui n'était pas le mien. Je restai donc immobile, Jusqu'à ce que le sourire affectueux de M. Glenn et les regards obstinément braqués sur moi provoquassent le soubresaut indispensable.

Inattendu, considérable, l'événement me remua les entrailles. Sans doute serais-je demeurée pétrifiée si mon professeur n'était venu me prendre par la main pour m'entraîner d'autorité vers le micro.

À mon tour, je regardai Balwin. Il était aux anges. Puis mes parents. Debout, ils applaudissaient à tout rompre. Je m'avançai vers le micro, suspendue au-dessus d'un gouffre. Les pensées voltigeaient dans ma tête, toutes cocasses ou absurdes. Je mettais un pied devant l'autre avec la plus grande précaution. Un pas de côté et je sombrais corps et biens dans l'infini de tous les vertiges. Après m'avoir remis l'enveloppe, le proviseur recula de deux pas. Il m'appartenait de dire quelques mots, d'exprimer mon bonheur et ma reconnaissance. C'était trop demander.

— Merci, balbutiai-je. Du fond du cœur, merci.

Je courus me cacher derrière le rideau. Pas la moindre réaction. Le proviseur se hâta de sauver la situation.

— Vous étiez prévenus, notre lauréate est la timidité même. Sa voix d'or, elle la réserve pour le grand sachem, là-haut, qui l'a touchée de sa baguette. Elle va vous en offrir un échantillon dans un instant.

Quelques rires se firent entendre.

Le moins que je pusse faire, c'était de me surpasser dans l'interprétation de la dernière pièce inscrite au programme. Saisie de plein vol, empoignée par le feu sacré, je dominai le chœur de toute la puissance de mes cordes vocales.

Cette fois, ce fut un tonnerre d'applaudissements. M. Glenn vint me serrer la main avant de remercier l'ensemble des choristes. Balwin et moi fûmes conviés à rester quelque temps à l'arrière de la scène où parents et amis vinrent nous rejoindre. Radieuse, maman recevait les félicitations comme si le triomphe de sa fille allait de soi. À l'oreille, papa me chuchota le fin mot de l'affaire : pour s'assurer de leur présence, le secrétaire du proviseur les avait prévenus de la distinction qui devait m'être décernée.

Il m'étouffa dans une accolade monstre.

— Nous crevons de fierté, mon petit ange.

Quelques parents d'élèves les entraînèrent à l'écart. Je restai seule avec Balwin. Les gens défilaient devant nous. Poignées de main, compliments d'usage, comme ils l'auraient fait face aux vainqueurs d'une compétition olympique. M. Noble s'approcha de moi.

— Chacun à sa façon, vous avez su tirer profit de votre collaboration, commença-t-il.

Balwin continuait de serrer les mains, sans perdre un mot prononcé par son père.

Je le remerciai, lui accordai l'ombre d'un sourire et m'éloignai aussitôt. Il me suivit, revint à la charge.

— Vous avez mérité cette modeste contribution, enchaîna-t-il. Je sais à présent quel avenir prometteur vous attend. Cet argent sera bien employé, j'en suis sûr. Merci d'avoir rempli votre part du marché.

Sa main avait saisi la mienne. Quand il l'ôta, je tenais cinq billets de cent dollars.

La stupeur de Balwin n'était pas moindre que la mienne. De nature différente, toutefois. Il considéra les billets, puis mon visage ébahi de ses yeux écarquillés, immensément, par la surprise et la peine.

— Reprenez votre fric, M. Noble, criai-je. Je vous l'ai déjà dit, je n'en veux pas.

La mince silhouette grise du père se perdit dans la cohue. Je regardai Balwin.

— Rapporte-lui cet argent. Il m'a fait une offre indigne dont je ne t'ai jamais parlé, et maintenant...

Sans même me laisser achever, il s'éloigna. Il me quittait, je le perdais à jamais. J'allais me lancer à ses trousses lorsque maman me saisit d'une main ferme. Avait-elle observé la scène ? Je me retrouvai face à des inconnus, tous souriants, enchantés d'être présentés à la vedette de la soirée.

— Ice avait cinq ans lorsque je l'ai inscrite à la maîtrise de notre paroisse, disait ma mère. J'avais deviné en elle un don unique. Je l'ai toujours soutenue dans cette vocation.

J'écoutai ces extravagances d'une oreille distraite. L'ombre me recouvrait, me dévorait, avant-goût de la souffrance.

CHAPITRE VIII

MAUVAISE PASSE

Le silence jadis recherché, accueilli comme mon meilleur ami, se transforma vite en cauchemar. Il avait pris sa source dans le regard de Balwin, fixé avec horreur sur les billets que son père m'avait logés de force dans la main, en présence de son fils, bien sûr, conscient du désastre irréparable que son geste allait déchaîner entre celui-ci et la jeune fille responsable de l'heureuse métamorphose. Celle-ci était accomplie, on n'avait plus besoin de mes services, on me le signifiait de la manière la plus brutale. Quant à Balwin, si blessant que fût pour moi son manque de confiance (avait-il pris la peine d'entendre ma version des faits ?), je compatissais avec la déception, le chagrin ressentis. Nulle explication, malgré sa sincérité évidente, ne pourrait effacer complètement le soupçon, la méfiance, le mépris qu'avait fait naître en lui cette liasse de billets, preuve s'il en était d'une machination entre M. Noble et moi.

À peine rentrée à la maison, je composai leur numéro. Balwin refusait de décrocher.

Quand quelqu'un se décida à le faire, ce fut le père, pour m'annoncer d'une voix sèche que son fils dormait déjà.

— Vous avez commis un acte inqualifiable en me remettant cet argent dont je ne voulais pas en face de lui, monsieur Noble. Balwin est à présent convaincu de l'hypocrisie de mon attitude. Mon amitié était feinte, croit-il, entièrement fondée sur l'appât du gain.

— N'en était-il pas ainsi, mademoiselle Goodman ?

La moutarde me montait au nez. Cet homme abominable méritait un châtiment. Les rouages de mon imagination s'enclenchèrent.

— Vous êtes un père indigne, un être ignoble dont l'élégance a l'épaisseur du papier à cigarettes. Le jour où Balwin saura qui est réellement son père, vous le perdrez à jamais. Quant à votre sale fric, il me débecte.

Je n'existais pas pour lui, mes insultes le laissaient de marbre. Il fit entendre un ricanement narquois.

— Renvoyez-le par la poste, dit-il avant de raccrocher.

Je fourrai l'argent dans une enveloppe, écrivis l'adresse, collai un timbre. Elle fut posée bien en évidence, dans l'intention d'être postée le lendemain matin.

L'appel suivant me donna l'occasion d'entendre la voix de Mme Noble. Balwin était absent, parti faire une virée en voiture avec des amis. Je n'en crus pas un mot.

— Auriez-vous l'obligeance de l'informer que Ice Goodman souhaiterait lui parler ? demandai-je pourtant.

Il me fut répondu que l'on n'y manquerait pas. La journée s'écoula, sans m'apporter la moindre nouvelle de mon ex-camarade. Il commençait à m'échauffer les oreilles, lui aussi. Drapé dans sa dignité offensée, M. Balwin Noble laissait choir « celle qu'il avait tant aimée », selon ses propres dires. Envolée, la promesse du compact que j'aurais dû faire parvenir à Edmond Senetsky. Je me débrouillerai sans lui. Cette audition m'apparaissait maintenant comme un défi. Je devais le relever.

Le lundi suivant, les cours reprenaient. Impossible de ne pas se croiser au hasard des changements de cours, de même qu'à la cafétéria. Balwin posait les yeux sur moi et filait dans la direction opposée. Cette attitude ostensible, passablement grotesque, provoqua plus d'étonnement que ne l'avait fait notre amitié. Chacun voulait savoir quel drame avait déclenché une rupture si spectaculaire. Pourquoi Balwin m'évitait-il ? J'éludais toutes les questions, refusais de confirmer ou d'infirmer les hypothèses avancées. Thelma Williams laissa entendre que Balwin, jaloux, prenait ombrage de mon succès de l'autre soir. Ce triomphe partagé n'était pas de son goût.

Je la foudroyai d'un regard noir.

— Je ne t'aurais jamais crue assez sotte pour tomber aussi bas dans l'ineptie. C'est une insulte pour toi et pour Balwin.

Ce bref échange faillit dégénérer en vraie dispute. L'intéressé, présent dans le réfectoire à ce moment-là, avait-il entendu ? Il fit semblant de rien jusqu'à la fin de la journée.

La chorale suspendait ses activités pour permettre aux élèves de préparer leurs examens, aussi n'avais-je pas l'espoir de retrouver Balwin à la fin des cours.

Notre rencontre eut lieu sur le chemin du retour. Comme chaque jour, je rentrai à pied. Sa voiture m'attendait, garée au coin de ma rue. Assis derrière le volant, les yeux dans le vague, il semblait résigné à tout.

J'ouvris la portière, m'installai sur le siège du passager.

— On m'a rapporté ta querelle avec Thelma Williams, dit-il. Merci d'avoir pris ma défense.

— De rien. Thelma est une fille intelligente, malgré tout. Elle te connaît bien. Cette réflexion idiote lui a été inspirée par la méchanceté.

Il fit la moue. Les yeux plissés, il me dévisagea.

— Venons-en à l'essentiel. Mon père t'a-t-il réellement payée pour participer à nos « répétitions » ?

Je soutins sans sourciller son regard inquisiteur.

— En ton for intérieur, tu sais qu'il n'en est rien. Ne m'oblige pas à traîner ton père dans la boue.

— Que s'est-il passé entre lui et toi ? Pourquoi ne m'avoir rien dit ?

— Par pudeur. Au fond, cette fille que tu prétendais aimer passionnément, tu la connais bien mal. L'attitude de M. Noble était déshonorante, devais-je mettre son fils au courant ? Aurais-tu ajouté foi à mes révélations, toi qui trembles devant cet homme ? Toi, incapable de lui tenir tête ? Peut-être ai-je eu tort, en effet. Peut-être, poussé par la honte, te serais-tu enfin décidé à provoquer une explication avec lui. Que serait-il advenu ? Dans sa fureur, il t'aurait interdit de jamais me revoir en dehors du collège. Qui aurait eu le dernier mot, à ton avis ?

Paroles implacables. Elles ne récoltèrent qu'un hochement de tête buté.

— Pourquoi ne m'avoir rien dit ? s'obstina-t-il. Quand on éprouve pour quelqu'un une affection profonde, on lui fait confiance. La foi n'est-elle pas la clé de voûte de tout lien durable ?

— Je ne te le fais pas dire, rétorquai-je, furieuse. Quelle fut ta première réaction en voyant ton père me remettre cet argent ? M'as-tu laissé la moindre chance ? J'ai appelé chez toi à différentes reprises, j'ai renvoyé les cinq cents dollars. Je m'estime largement quitte envers toi.

— Tu as téléphoné ?

— Deux ou trois fois. J'ai même parlé à ta mère. Personne ne t'a transmis mes messages ?

Il secoua la tête, de plus en plus décontenancé.

— De toute évidence, de l'avis de tes parents, mon rôle était terminé. Faut-il le préciser ? Le mépris manifesté envers moi est réciproque.

À une différence près. Je n'étais pas, moi, totalement insensible au dédain dont ces gens m'avaient accablée. La blessure n'était pas près de se refermer. Quelle indignité !

— Rien ne compte pour ton père que le fric, toujours le fric, murmurai-je avec une hargne que je n'étais pas loin de ressentir. Quant à ta mère, c'est à se demander si elle est capable de penser par elle-même. Cet homme a-t-il une si piètre opinion de son fils pour estimer nécessaire d'acheter l'amitié d'une jeune fille ? Te croit-il incapable de prendre de ton plein gré la décision de parvenir à un certain épanouissement physique et moral ?

Pour un oui, pour un non, les filles sortent leur mouchoir, se plaignent des garçons. Ils n'ont pas tort. Ne pouvais-je, comme Balwin, garder les yeux secs ?

Je tournai vers lui un visage humide auquel il n'accorda qu'un regard neutre avant de baisser la tête.

— À l'exception de l'erreur à laquelle nous avons failli succomber la dernière fois, nos séances de travail, répétitions, rencontres, retrouvailles, ce que tu voudras, me laissent un excellent souvenir. Je n'oublierai jamais la mélodie que tu as écrite et composée pour moi.

Après un long silence, il consentit à m'accorder les circonstances atténuantes. Pas un mot de colère contre ses parents. Pas un mot d'excuse. Était-ce trop demander ? Je fus à deux doigts de m'en aller.

— J'aurais dû te laisser une chance d'expliquer ce micmac, j'en conviens, fit-il d'une voix radoucie. Je me suis senti trahi, tous mes mauvais instincts ont repris le dessus.

— Je sais. À ce moment-là, j'ai mesuré la limite des sentiments que tu éprouvais pour moi. Je suis navrée, mais c'est ainsi.

Il refusait toujours de me regarder. Avait-il peur que je ne fonde en larmes pour de bon ? L'espérait-il ?

— Accepteras-tu de revenir ?

— Chez toi ? Jamais de la vie ! Je m'y sentirais en terrain ennemi. Je ne garantis pas de pouvoir garder mon calme face à ce cher M. Noble.

— Il faut continuer, pourtant. M. Glenn acceptera de nous prêter la salle de répétition du collège, j'en suis sûr.

Je gardai le silence.

— Ice ?

— Si tu insistes, soit. Cette bourse est encourageante. L'idée d'une carrière de chanteuse fait peu à peu son chemin dans mon esprit.

Pour la première fois, il accepta de me dévisager. Il sembla rasséréné.

— Demain, après les cours ?

— Entendu.

J'ouvris la portière. Après être descendue, je m'éloignai sans me retourner. Quand je fus arrivée au pied de mon immeuble, et pas avant, Balwin mit le contact. Avant d'entrer, je jetai dans sa direction un rapide coup d'œil.

La musique, pensai-je. La musique seule. Elle subsistait entre nous, malgré les magouilles insignifiantes des uns et des autres. Le rythme, le chant, les mots irriguaient mon être entier. Aussi longtemps que je sentirais en moi cet élan, je garderais un lien avec le monde. Je tiendrais le coup.

Ma belle assurance allait être mise à l'épreuve plus tôt que prévu. Tout commença par quelques coups violents, frappés contre notre porte peu après onze heures. Maman dormait déjà. Sommeil cosmique, alimenté par les somnifères. Elle se voulait ailleurs, hors d'atteinte, poussant le souci d'isolement jusqu'à s'enfoncer des boules de cire dans les oreilles.

Tout d'abord, je songeai à quelque fantaisie lugubre, surgie tout droit de mon insomnie. Je n'avais cessé de tourner et de virer dans mon lit, pour tenter d'échapper aux pièges grossiers tendus par des rêves toujours en équilibre au bord du cauchemar. Les coups persistaient, j'ouvris tout grands les yeux. Une voix se fit entendre derrière la porte.

— Madame Goodman ! » criait-elle.

Je me levai. Vivement, j'enfilai un peignoir.

— Qui est là ? demandai-je, à travers la porte close.

Ces derniers temps, notre immeuble avait reçu à deux reprises la visite de cambrioleurs. Chaque fois, les victimes trop confiantes avaient ouvert trop vite.

— Mike Tooey, de l'agence, me fut-il répondu.

Je connaissais Mike Tooey, employé dans le même organisme de sécurité que papa. Un coup d'œil pardessus mon épaule m'assura que maman n'avait pas encore réagi. Aucun bruit en provenance de sa chambre.

— Un instant, s'il vous plaît.

Je déverrouillai. Sur le seuil se tenait un homme en uniforme. Ses doigts embarrassés trituraient le bord de sa casquette.

Je ressentis un grand frisson.

— Mon Dieu, que se passe-t-il ?

— Votre père. On lui a tiré dessus, il y a une heure, alors qu'il poursuivait un voleur.

Le sang reflua de mon visage. Mes genoux fléchirent, je dus me cramponner d'une main au battant. L'autre s'était crispée sur ma poitrine.

— Comment va-t-il ? balbutiai-je.

— Il a été transporté aussitôt à l'hôpital, unité des soins intensifs. Il s'y trouve encore. Vous devriez y aller, mademoiselle Goodman, ainsi que votre maman. Je suis… désolé, ajouta-t-il.

Désolé ? Le collègue de mon père était désolé. « Sincèrement » désolé, aurait-il pu préciser. Inutile. Sa sincérité était implicite. Petits mots si vains et si vagues, qui se défaisaient comme un château de cartes face à la catastrophe. Je vous ai réveillée ? Désolé. Désolé de vous avoir bousculée, marché sur les pieds. Désolé de vous avoir parlé un peu rudement. Votre père se débat entre la vie et la mort ? Désolé.

— Je vous conduis là-bas, proposa-t-il. La voiture de service est garée en bas. Je redescends et je vous laisse le temps de vous habiller. À tout de suite.

Je hochai la tête, refermai. D'un pas de somnambule, je me dirigeai vers la chambre maternelle. Dans ma tête résonnait un morne battement de tambour, musique de circonstance.

Maman savait-elle, intuitivement, quel désastre l'attendait ? Réfugiée, blottie dans son sommeil, elle refusait avec obstination de s'en extraire. Je la secouai sans trop de ménagement, songeant à l'homme, en bas, qui n'attendrait pas toute la nuit. Soudain, un frémissement de paupières. Elles s'ouvrirent enfin sur un œil égaré, rempli d'effroi.

— Quoi ? s'écria-t-elle trop fort, d'une voix mal assurée.

Je n'étais pas remise du choc. Ma maladresse habituelle me fit dire brutalement.

— On a tiré sur papa, annonçai-je froidement.

Les yeux de ma mère papillotèrent. La nouvelle, je le savais, avait été enregistrée. Elle se frayait un chemin laborieux jusqu'à la conscience.

— Comment ?

— Mike Tooey est en bas, dans une voiture de l'agence. Il nous attend pour nous conduire à l'hôpital. Papa avait pris un voleur en chasse. Le type a tiré.

Maman se mordit le poing. Elle referma les yeux, très, très fort.

— Doux Jésus, l'entendis-je murmurer. Jésus, Jésus, Jésus…

Elle se leva, titubante, gagna la salle de bains. Je me précipitai dans la cuisine où j'avalai un grand verre d'eau. Hop, je filai m'habiller, j'attrapai les premiers vêtements à portée de main. Dix minutes plus tard, j'avais figure humaine. Assise devant sa coiffeuse, maman se brossait les cheveux.

— De quoi ai-je l'air, misère de misère ?

— Peu importe, répliquai-je en essayant de garder la tête froide. Maman, il faut y aller.

La brosse en l'air, ma mère me considéra comme si je venais de proférer une obscénité.

— Tu ne sais rien, petite, et tu prétends me donner des leçons ? L'apparence est essentielle, en toutes circonstances. Que verra ton père, en ouvrant les yeux? Une souillon? Voilà bien qui lui rendrait le goût de vivre! Une jolie femme penchée sur lui, en revanche, et notre homme se sentira tout ragaillardi. (Posant la brosse, elle se maquilla les lèvres avec soin.) J'aurais dû acheter cette perruque, la semaine dernière. Il ne faut pas en abuser mais en cas d'urgence, elles font merveille.

L'ascenseur ne descendait pas assez vite à mon gré. Sitôt qu'il nous aperçut, M. Tooey ouvrit les portières. Maman s'installa à côté de lui, je m'engouffrai à l'arrière. De deux choses l'une, ou il était mal renseigné, ou il lui répugnait de nous donner trop de détails. Lorsqu'il s'arrêta devant le hall du Service des Urgences, nous savions que papa avait reçu deux balles. L'une s'était logée dans l'épaule, l'autre dans l'abdomen. Le trajet de celle-ci avait effleuré la colonne vertébrale. Effleuré, écorné, touché pour de bon? insista ma mère. Mike Tooey n'en savait rien. Papa avait perdu beaucoup de sang, il se trouvait dans un état critique.

Face au chirurgien, maman alla à l'essentiel.

— Mon mari survivra-t-il?

— Nous l'espérons tous, répondit le médecin.

Les tentatives de ma mère échouèrent à obtenir plus de précisions ou plus de réconfort. Le silence change de nature selon les lieux, me répétai-je tandis que nous déambulions le long des couloirs, incapables de rester immobiles. Quantité de bruits parasitent le silence des hôpitaux. Secrétaires, préposés à l'entretien, internes, infirmières, toute cette population parle d'une voix forte, s'apostrophe, échange des plaisanteries, comme le font les employés de n'importe quelle entreprise. Beaucoup de mouvements, d'allées et venues. On voit passer des malades couchés sur des brancards, assis dans des fauteuils roulants; les manutentionnaires font circuler entre les salles des engins rébarbatifs. Les médecins s'entretiennent avec les familles, avec les patients eux-mêmes. Les ordres fusent.

Le silence se réfugiait dans les yeux des étrangers à cet univers, ceux qui attendaient, comme nous. Silence des épouses, époux, filles, fils, pères, amies… tantôt debout, tantôt assis, les mains étreintes, certains pour la première fois depuis longtemps. Ils se tenaient dans les coins d'ombre, le regard perdu ou fixé au-dehors, sur la ville, ce désordre horizontal et vertical de lumières innombrables, sourd à leur angoisse. Le temps, pour eux, s'était arrêté. Les bruits, les gestes alentour semblaient venir de très loin, échos incompréhensibles absorbés par la nuit.

Les muets électifs étaient nombreux parmi ces gens. Peur de parler, peur d'entendre le son de leur voix ; il suffisait de si peu, d'un rien pour provoquer l'effondrement. Pouvait-on sangloter devant un enfant inconscient de la gravité du moment et dont les questions s'acharnaient sur l'adulte, comme une guêpe :

— Papa va-t-il mourir ?

— Bobby rentrera-t-il à la maison ?

— Maman guérira-t-elle ?

De temps à autre, quelqu'un laissait poindre sa lassitude :

— Quand le médecin se décidera-t-il à nous dire la vérité ? Je veux savoir !

Il était plus facile de ne rien voir et de ne rien entendre. Pour ne pas avoir à répondre et ne pas faire face – pas encore – au lendemain. La plupart prenaient leur mal en patience, pelotonnés dans une apathie qui était presque de la paix. Durer, simplement durer, sans penser à rien. Les uns y parvenaient, d'autres pas.

Pour maman, c'était le contraire. Le repos se trouvait dans l'agitation, un bavardage incessant sur tout et sur rien, l'attente insupportable, l'état du monde, la criminalité galopante, le destin pitoyable réservé à son mari, le meilleur des hommes. Pris au piège, ses voisins compatissaient. Elle les abandonnait aussitôt pour aller quémander ailleurs l'attention dont elle avait besoin pour tromper son angoisse. Puis, tel un coureur parvenu au bout de son élan, elle se troublait, bafouillait, les mots s'espaçaient. À son tour, épuisée, elle sombrait dans le silence.

Son regard acquérait la fixité d'un regard de bête. Maman se résignait. Parois, ses yeux se posaient sur moi. Maman poussait un soupir. Paupières closes, elle se rencognait sur son bout de canapé.

Le temps devenait le grand ennemi. Les minutes s'étiraient, les heures semblaient interminables. Nous étions coincés pour l'éternité. Quand la délivrance arriva, sous l'apparence du médecin entrevu à notre arrivée qui se frayait un chemin jusqu'à nous, ce fut comme un acte de miséricorde, accompli à contrecœur des recoins les plus sombres de l'hôpital. Sur son visage se lisait déjà la réponse à toutes nos questions. Peut-être, disait-il.

Papa avait bien supporté l'opération. Il n'était pas sauvé pour autant. Tout se jouerait au cours des prochaines quarante-huit heures. S'il survivait, il faudrait s'attendre à une longue convalescence dans un centre de rééducation. Sans doute retrouverait-il l'usage de ses jambes, assura le médecin, sur le ton de quelqu'un qui laisse entrevoir la lumière au bout d'un tunnel sans fin.

Pour l'instant, il nous était conseillé de rentrer à la maison et de revenir le lendemain. Attendre, attendre encore, il n'y avait rien de mieux à faire. Dans l'intervalle, « s'il arrivait quelque chose », nous serions prévenues aussitôt.

— Votre mari est d'une constitution robuste, madame Goodman. Grâce au ciel. Un homme moins costaud aurait déjà succombé.

Ma mère se contenta d'un hochement de tête sinistre. Pour la première fois de sa vie, elle restait coite. Après avoir glissé son bras sous le mien, elle m'entraîna à l'extérieur, jusqu'à la rangée de taxis. Pendant tout le trajet, ramassée sur elle-même, la tête posée sur mon épaule, elle garda un silence insolite. De même dans l'ascenseur. La porte à peine refermée, elle disparut dans sa chambre. J'entendis l'ouverture, puis la fermeture de la penderie, puis j'entendis couler le robinet de la salle de bains, puis la chasse d'eau, puis plus rien.

Je m'attardai dans le salon. Recroquevillée au fond du fauteuil paternel, je fredonnai *I Got it Bad*, en songeant à la voix pathétique de Shirley Horn. Quand je me décidai à regagner ma chambre, je tombai tout habillée sur le lit. Le sommeil monta en moi comme une nuée d'orage. Je fus engloutie.

Le lendemain, debout à l'instant où j'ouvris les yeux, je me ruai sur le téléphone. Maman dormait toujours. Je suis la fille de M. Goodman, admis hier au Service des Urgences, annonçai-je à la standardiste. Elle me brancha sans discuter sur le poste de l'infirmière de garde. Papa avait passé une nuit sans histoire. État stationnaire. Elle ne pouvait rien ajouter avant la visite du chirurgien.

Je me lançai dans un tas d'activités, trente-six choses à la fois : faire mon lit, me laver, me vêtir, préparer le café sans lequel ma mère était incapable de renaître à la vie. Enfin prête, j'allai la réveiller. Elle se fit tirer l'oreille, marmonna des mots sans suite d'où il ressortait que je ferais mieux d'aller l'attendre dans la cuisine.

Quand j'entendis ses pas, je versai le café. Je vis entrer une créature à la mine épouvantable, les yeux à peine ouverts. Elle devait pratiquement se tenir au mur pour avancer. Tôt ou tard, il faudrait aborder la question des somnifères. D'une voix mesurée, je rendis compte de mon appel à l'hôpital.

— Il faut y aller au plus vite, maman. Voir le médecin, lui arracher quelques détails.

— Pourquoi tant de hâte ? gémit-elle. Ces heures d'attente pour dix mots qui promettent tout et son contraire… Non, je ne recommencerai pas.

— Maman, je veux voir mon père. Si tu refuses de m'accompagner, j'irai seule.

Ma mère me dévisagea, vaguement surprise. Avec mon aide, elle parvint à se ressaisir. Je la pris en main au sortir de la salle de bains. Insensible à ses récriminations – une femme dans son état pouvait-elle, en moins d'une heure, être prête à s'exposer aux regards du monde ? –, je lui tendis des vêtements stricts, m'agenouillai pour glisser ses pieds dans les escarpins. Les plaintes ricochaient sur moi comme les gouttes sur un parapluie. Je lui accordai cinq minutes pour se faire une beauté.

J'avais eu raison de vouloir me presser. Sitôt après avoir rendu visite à mon père, le médecin se rendait dans un autre établissement. Nous eûmes la chance de le saisir au vol. Lui seul était à même de fournir des renseignements crédibles.

— Rétablissement spectaculaire, annonça-t-il. Je suis le premier surpris. Dans quelques jours, sa convalescence pourra commencer. Ne vous faites pas d'illusions, cependant. Rien n'est encore gagné. La période de rééducation sera longue et très difficile. Il lui faudra des mois avant de pouvoir marcher à nouveau comme vous et moi.

Ce disant, il regardait maman avec insistance. Avait-il deviné que l'épreuve serait pour elle aussi pénible, sinon plus, que pour son mari handicapé.

Pas de droit de visite pour l'instant. Il faudrait attendre que papa eût repris conscience. Maman insistait pour rentrer à la maison, prendre un bain, se maquiller, se rhabiller afin de se présenter sous son meilleur jour au premier regard de son mari. J'eus toutes les peines du monde à lui faire entendre raison. Pour passer le temps, il nous restait la cafétéria où nous engloutîmes des litres de thé et de café. Deux heures plus tard, il fallut se résoudre à regagner la salle d'attente du Service des Urgences. Prévenue, l'infirmière viendrait nous chercher dès que papa serait en mesure de nous recevoir.

Elle se présenta presque aussitôt.

— Dix minutes, dit-elle. pas davantage. Il s'est réveillé.

— Alléluia ! marmotta ma mère.

L'infirmière nous précéda, nous introduisit dans la chambre où elle resta sans demander l'avis de personne, comme si l'entretien pouvait présenter une menace pour le patient. Allongé là, le corps hérissé de canules et de dispositifs électroniques, mon père n'avait rien perdu de sa puissance physique. Tout juste discernait-on sur son visage les traces de la tension et de la fatigue. À notre entrée, son sourire s'épanouit.

D'emblée, maman adopta le ton de la provocation gouailleuse.

— Regarde où t'a conduit ton excès de zèle, Cameron Goodman ! Voilà ce qui arrive, quand on ne peut s'empêcher de jouer les héros.

— Bonjour, papa.

Je lui posai un baiser sur le front.

Après avoir jeté un regard méfiant sur l'infirmière, maman prit son courage à deux mains. À son tour, elle se pencha. De ses lèvres, elle effleura les tempes de son mari. On ne pouvait être plus chaste.

— Et maintenant, dit-elle, que faut-il faire ? Quelle procédure devons-nous engager ?

— Maman, chuchotai-je, il vient de reprendre conscience. Cette question me semble un peu prématurée.

Rien, en ce beau jour, n'aurait entamé la patience paternelle. Un réservoir inépuisable de bonne volonté.

— Ne vous faites aucun souci. Le chèque de l'assurance arrivera tous les mois. Lena, tu ne manqueras pas d'argent.

— Parfait. le médecin a insisté sur ta convalescence interminable. Du matin au soir je vais t'avoir sur le dos, toi et ton jazz ringard. Autant que tu le saches tout de suite, Cameron, je ne suis pas douée pour jouer les nounous.

Papa m'adressa un sourire complice.

— Je ne suis pas faite pour vider les bassins et je n'ai pas l'intention de me casser les ongles en changeant tes pansements, enchaîna maman.

Elle semblait avoir oublié la présence de l'infirmière.

— L'assurance inclut certains soins à domicile, assura mon père dans un chuchotement rauque. Lena, cesse de te ronger les sangs. Tout se passera dans les meilleures conditions.

— Mon mari se trouve sur la trajectoire de deux balles et tout va pour le mieux, s'emporta maman. Je devrais voir la vie en rose, n'est-ce pas ? Cameron, ce travail ne m'a jamais plu. Trop dangereux. Tu aurais dû choisir un boulot peinard, que sais-je... chauffeur de taxi, par exemple.

Mon père aurait éclaté de rire, s'il en avait eu la force. Je lui pris la main. Il s'affaiblissait à vue d'œil.

— Lena, fais-moi confiance, murmura-t-il.

Ses paupières devenaient lourdes, il les ferma. Sa tête roula de côté.

Maman interrogea l'infirmière d'un regard affolé.

— Ce n'est rien, lui fut-il répondu. Madame Goodman, il a besoin de repos. Il faut partir, à présent.

— Nous venons d'arriver ! protesta maman.

— Je vous en prie, insista l'infirmière.

Saisissant ma mère par le bras, je l'entraînai d'une poigne solide. Maman freinait des quatre fers.

— Tu as vu ces yeux levés sur moi ? se plaignit-elle quand nous fûmes dans le couloir. Je n'étais pas à mon avantage, je le sais, mais tout de même ! Pourquoi m'as-tu arrachée du lit ? Pour trois heures d'attente et cinq minutes passées à son chevet. Je rentre. Je reviendrai demain, ou après-demain, quand il sera en mesure de soutenir une conversation sérieuse. Cette histoire tombe au plus mal, alors que mes relations avec ton père ne sont pas au beau fixe, tu as dû t'en rendre compte. Je suis bouleversée, je ne sais plus que penser. Ces balles m'ont atteinte moi aussi, d'une certaine façon.

Maman se retrouvait dans son élément favori, l'apitoiement sur soi-même, chemin semé d'embûches sur lequel je refusai de la suivre. Une fois à la maison, j'appelai le collège pour donner les raisons de mon absence, puis nous prîmes chacune quelques heures de repos. Dès mon réveil, nouveau coup de fil à l'hôpital. Rien de neuf de ce côté-là. Je préparai un dîner léger. Maman me pria instamment de retourner à l'école le lendemain. Je donnai une réponse évasive et me rendis à l'hôpital dans le courant de la matinée.

L'état de mon père s'était sensiblement amélioré. Cette conversation sérieuse que maman aurait souhaité avoir se déroula en son absence, dans le calme et la compréhension réciproque.

— Il m'est arrivé un accident grave, et je peux m'estimer heureux de m'en tirer à si bon compte, me dit-il. Ton père vivra. Fais-moi confiance, je n'ai pas l'intention de rester invalide pour le restant de mes jours. Parlons de toi, à présent. Tu avais de merveilleux projets, fais l'impossible pour les mettre à exécution. Jamais je n'ai ressenti autant de fierté que l'autre soir, quand le nom de ma fille fut prononcé dans le micro. Si tu veux me donner du courage pour faire face à ces horribles semaines de rééducation, prends contact au plus vite avec cet agent, passe cette audition. Rien ne me fera plus plaisir.

Son enthousiasme était catégorique. En échange, je n'avais à lui offrir que ma misérable indécision. Peut-on espérer devenir un grand artiste quand on ne brûle pas du feu sacré ? Je ne ressentais rien de tel.

— Papa, je ne suis pas décidée. Dans l'immédiat, ta guérison me semble un sujet de préoccupation beaucoup plus essentiel.

Il secoua la tête avec véhémence.

— Je m'en sortirai, ta mère aussi, de gré ou de force. Le plus important, c'est ton avenir. Jure-moi que tu feras tout pour décrocher ton admission dans cette école.

Il n'avait jamais été plus sérieux. Impressionnée, je lui fis le serment de téléphoner à Edmond Senetsky. De même consacrerai-je toute mon énergie à préparer l'audition.

— Tant mieux, soupira-t-il. (Son soulagement me donna de l'inquiétude.) Tu as assez perdu de temps. Au travail !

Sur ces mots, il glissa dans le sommeil.

Les nouvelles allaient vite, décidément, surtout lorsqu'elles me concernaient. Le lendemain, je trouvai le collège bruissant de nouveaux murmures au sujet de l'accident de mon père. Certains camarades me demandèrent de ses nouvelles ; tous les professeurs, sans exception, en firent autant. Balwin ne posa aucune question, mais il écoutait tout. Il connaissait mon affection profonde pour papa et ce malheur qui me frappait, survenu juste après notre malentendu, devait tourmenter sa conscience.

— Tu ne t'es pas mis en tête de laisser choir tes plans au sujet de l'institution Senetsky ? demanda-t-il dès que nous fûmes en tête à tête. Surtout après l'obtention d'une bourse providentielle.

— Je n'en sais rien. Notre vie va changer. La convalescence de mon père sera longue et coûteuse. Nous allons avoir besoin d'argent.

Issu d'un milieu aisé, Balwin n'avait pas envisagé ces considérations bassement matérielles. La perspective de mon abandon semblait le secouer plus que moi-même.

— Peu importe. Continue à travailler comme si tu étais certaine de réussir.

Les paroles de papa, à peu de chose près.

— Pour l'instant, je n'ai pas une seconde à consacrer à la musique.

À la fin des cours, en effet, je me précipitai à l'hôpital. J'avais hâte de retrouver mon père. Maman venait quand bon lui semblait, sous prétexte que l'atmosphère des hôpitaux la déprimait. J'en fis la remarque à papa. Il coupa court à mes reproches. Leurs rapports n'étaient jamais meilleurs, affirma-t-il, que lorsque son épouse poussait la porte, d'excellente humeur et contente d'être là. Je compris à demi-mot. Si papa, première victime de l'égoïsme maternel, était disposé à pardonner, je ne pouvais pas faire moins.

Quand il quitta le Service des Urgences pour être transféré dans une chambre, je commençai à me rendre vraiment utile. Je donnais un coup de main aux aides-soignantes, j'apportais les effets dont il avait besoin, je le distrayais de mon mieux. De temps à autre, il m'interrogeait sur mes répétitions. Il me rappelait ma promesse. Un soir, je lui avouai que je n'avais plus le temps de travailler. C'était l'hôpital ou la musique.

— Il y a aussi les devoirs du soir, la préparation des examens de fin d'année, bougonna-t-il. Où avais-je la tête ? À compter de maintenant, tu espaceras tes visites. (Il fronça les sourcils.) Je ne te demande pas ton avis, c'est un ordre. Ce garçon est-il toujours disposé à t'aider ?

— Papa, ce n'est pas si simple...

— Ice, aurais-tu peur ? Tu m'as juré de décrocher ton entrée dans cette école. Serais-tu en train de te défiler ? Mettons les choses au point, une fois pour toutes. Tu es mon unique espoir. Ou tu réussis, ou ton père ne marchera plus jamais. Je ne plaisante pas.

Il n'en donnait pas l'impression. Nous échangeâmes un long regard. Que faire d'autre ? Je cédai.

— Entendu. Dès demain, je reprends les répétitions.

J'étais incapable de mentir, il le savait. Il fut entendu entre nous que maman ne serait pas mise au courant.

La question de l'argent l'obsédait. Mon projet mirifique auquel elle croyait encore moins que moi lui semblait une arnaque, destinée aux gosses de riches.

Ma mère se rendait à l'hôpital les jours où, belle et légère, elle se croyait susceptible, par sa seule apparition, de remonter le moral de son mari en vertu d'un raisonnement élémentaire : le bon Dieu m'a donné pour épouse cette femme ravissante, c'est pour profiter de sa présence et non pour lui infliger la compagnie d'un grabataire. Haut les cœurs ! Soyons le modèle des maris et guérissons vite. Elle exhibait sa beauté comme un plaisir, une raison d'espérer, annoncée de loin par les effluves de son parfum. Papa lui en fit un jour la remarque, sans y mettre trop de malice. Maman le prit très mal.

— Donne-moi la recette pour combattre ce souffle de catacombe qui vous saisit à la gorge dès que l'on franchit la porte d'un hôpital ? Crois-tu que j'aie envie de transporter au-dehors ces remugles d'éther et de mort ?

Je regardai papa, un peu angoissée. Il laissa échapper un rire tonitruant. Je riais moi aussi, plus doucement. Maman haussa les épaules.

— Payez-vous ma tête. Je m'en moque. J'ai raison, je le sais.

Quand le patient fut assez solide pour commencer sa rééducation, je prévins Balwin. Le temps était venu pour moi de me remettre au chant. M. Glenn nous abandonnait volontiers la salle où nous devions nous retrouver après les cours. Mon professeur avait aussi téléphoné à Edmond Senetsky pour convenir d'une date, encore lointaine, en vue de l'audition. Dans l'intervalle, l'agent recevrait un disque, échantillon du talent de Ice Goodman.

J'éprouvai les plus grandes difficultés à reprendre le fil de nos répétitions. On aurait dit que j'avais perdu ma voix et que nous n'avions jamais travaillé ensemble. Balwin fit preuve d'une patience angélique. Cent fois sur le métier, il me fit remettre l'ouvrage. Inlassablement, je recommençais. Jusqu'à la perfection, si elle est de ce monde ! exigeait mon répétiteur.

— On jurerait que toute cette affaire te tient plus à cœur qu'à moi, fis-je observer un soir.

Son visage s'assombrit.

— Paroles infantiles, Ice. Tu n'as pas encore conscience de l'importance de cette « affaire », comme tu dis avec tant de désinvolture. Ta vie se jouera face à Mme Senetsky. Ce jour-là, tu seras prête, tu ne regretteras aucun des efforts fournis pour mériter l'approbation de cet auguste personnage.

Souriante, je lui donnai un baiser.

— Demain, dit-il, si tu n'y vois pas d'inconvénient, j'aimerais te conduire à l'hôpital. Je voudrais faire la connaissance de ton père.

Je trouvai l'idée excellente et l'en félicitai. Papa l'accueillit avec chaleur. L'amateur de jazz et le musicien avaient tant à se dire. Ils discutèrent pendant près d'une heure, avec une spontanéité, une simplicité de vieux camarades. Balwin connaissait le jazz et le connaissait bien. Il en imposa à son aîné. Au terme de la visite, mon père le remercia de toute l'aide qu'il m'apportait. Balwin l'assura qu'il était largement payé en retour par mon amitié.

— Ton paternel est un type épatant, me confia-t-il en revenant. Si seulement j'avais ce genre de rapport avec le mien !

L'évocation de M. Noble souleva en moi un sursaut de rancune. J'avais du moins un père capable de m'encourager, de me soutenir dans mes ambitions les plus folles. La solitude de Balwin était pire que la mienne. Jamais je n'avais pris le risque de l'interroger au sujet de sa mère.

Le lendemain, la mienne eut vent de la visite de Balwin à l'hôpital. Papa fut mis sur le gril. À mon arrivée à la maison, elle m'assaillit de questions.

— Que fais-tu encore à traîner avec ce joufflu ?

— Maman, tu exagères. Il a perdu beaucoup de poids, tu as pu t'en rendre compte à l'occasion du concert. Balwin est devenu assez séduisant et n'a pas l'intention de s'arrêter en si bon chemin.

— Ice, je me moque de ce garçon comme d'une guigne. Ne peux-tu mettre ta propre mère dans le secret de vos projets ? Quand allez-vous cesser de comploter contre moi, Cameron et toi ?

Sa sincérité ne faisait aucun doute. Je ressentis une pointe de culpabilité. Comploter ? De son point de vue, le mot n'était pas trop fort.

À mots couverts, je lui dévoilai mes intentions. Si j'étais vraiment douée pour le chant, cette audition m'en donnerait la confirmation. Les verdicts de Mme Senetsky étaient d'une sévérité infaillible. Dans l'hypothèse d'une réponse négative, il serait toujours temps pour moi de m'orienter vers une autre carrière.

— Primo, l'inscription dans cet établissement coûte une fortune, où trouverons-nous l'argent ? Ta bourse n'y suffira pas. Secundo, il existe un autre problème, auquel tu ne sembles pas avoir songé. Comment vais-je m'y prendre, seule avec ton père, lorsqu'il sera de retour ? Je ne fais pas seulement allusion à l'aspect matériel de la question, le temps, la disponibilité. Pour lui, sa fille passe avant tout, c'est-à-dire avant moi, nous le savons l'une et l'autre. Il aura besoin de toi, de ta présence, quoi qu'il prétende aujourd'hui. Ôte-toi de l'esprit ce projet rocambolesque. Ice, tes parents te réclament à la maison.

Je refusai de pousser plus avant la discussion, sachant que maman ne s'en tiendrait pas là. Mon silence ne l'empêcherait nullement d'arriver à ses fins. Pour ce faire, elle utilisa l'arme la plus efficace, la menace de porter le débat devant le principal intéressé, papa. Elle était prête à mentir, assura-t-elle. Plutôt que de se trouver à longueur de journée en tête à tête avec un semi-invalide pour lequel son affection était au plus bas, elle lui demanderait, injure suprême, de rester à l'hôpital jusqu'à son rétablissement complet. Autant lui dire en face qu'elle ne pouvait plus le voir en peinture.

Papa n'entretenait guère d'illusions quant à ses relations avec son épouse, mais de là à encaisser dans sa situation un tel affront, c'était autre chose. Accepterait-il facilement de se voir pour ainsi dire chasser de chez lui ?

Abandonné par sa fille et par sa femme, où puiserait-il le courage d'accomplir l'immense effort de rééducation ? Maman avait raison, mon père ne pouvait se passer de moi dans ce moment si délicat de son existence. Terrifiée à la perspective du tort qu'elle pourrait lui faire, je promis d'arrêter toutes mes répétitions. Je promis d'annuler l'audition.

Je n'étais qu'une girouette, un fantoche, un pantin.

Maman me dévisagea longuement, de ce regard insaisissable, fluctuant, qu'elle adoptait de plus en plus souvent et que j'attribuais à l'abus de somnifères. Satisfaite, elle s'apaisa peu à peu sans cesser pour autant son étrange soliloque. Il en fut ainsi jusqu'à l'heure où elle s'enferma dans sa chambre.

De mon père et de ma mère, j'ignorais lequel des deux était le plus mal en point. Je savais aussi que la guérison de mon père restait pour moi une priorité. D'une certaine façon, la solitude de ma mère était aussi absolue que celle de Balwin. La phrase terrible prononcée par mon père, en cette nuit de sinistre mémoire : « Je ne suis plus rien pour cette femme », j'aurais pu la reprendre à mon compte. Sans amour, Lena Goodman s'en allait à petit feu sous les yeux impuissants de sa fille.

Le lendemain, j'annonçai donc à Balwin ma décision d'en rester là. Il jura et tempêta en vain.

— Encore une semaine, Ice, une petite semaine et tu seras fixée. Ne gâche pas ta vie sur un coup de tête, supplia-t-il.

Pas de réponse. Peu après, songeant que je lui devais malgré tout une explication, tête basse, je confessai :

— Je n'aurais jamais dû me lancer dans cette aventure. J'ai perdu mon temps et le tien, par la même occasion. Toutes mes excuses. L'école Senetsky est pour moi un luxe hors d'atteinte, surtout maintenant, dans l'état où se trouve mon père. Tu ne comprends donc pas ?

— Je comprends surtout à quel point ton père sera déçu. Tu commets là une très grave erreur, à tous points de vue.

Je n'avais rien à répondre. Je m'en allai sur la pointe des pieds.

Arrivée à la maison, je me fis un devoir de faire disparaître mes partitions. Empilées avec soin, elles furent rangées dans le dernier tiroir de mon bureau. Je consacrai les deux heures suivantes à mon travail scolaire. Je passai ensuite aux tâches domestiques. Le ménage laissait à désirer depuis quelque temps. Le dîner une fois préparé, j'attendis en vain le retour de ma mère. À l'hôpital ? On pouvait toujours rêver. J'expédiai la vaisselle et me rendis là-bas au plus vite. Maman ne s'y trouvait pas. On ne l'avait pas vue de la journée.

Je fis de mon mieux pour dissimuler la vérité à mon père. Peine perdue, il lisait en moi comme dans un livre ouvert. Je lui racontai tout. Il écouta avec gravité.

— Cette femme est convaincue d'avoir gâché sa vie. Il est certain que je n'ai pas su, ou pas pu, lui donner ce qu'elle voulait, ce qu'elle croyait mériter. Tu es belle. Tout naturellement, elle a tenté de se guérir de ses frustrations par ton intermédiaire, en te mettant au défi d'assumer le rôle auquel elle aspirait, et qui n'est pas le tien. Elle pense avoir échoué, alors que c'est tout le contraire. Son initiative a déclenché un processus merveilleux. Tu n'as pas le droit de t'y soustraire ! Je te l'interdis. Veux-tu nous tuer tous les deux ? Veux-tu faire le désespoir de ton père et de ta mère ? Où en sont tes répétitions avec Balwin ? L'échéance se rapproche, n'est-ce pas ?

Je feignais, je n'étais pas sincère, je n'étais pas moi, je mentais. En pure perte, bien sûr. Le lien entre nous était trop fort. C'était comme si sa conscience était brûlée, à la pointe de feu, par le mensonge lui-même.

— Ice ?

— Maman a peur, à juste titre. En admettant que je sois admise, et je me refuse à l'envisager, cette école est inaccessible, sur le plan financier. D'autre part, vous aurez besoin de moi, l'un et l'autre. Pour arrondir les angles. De toute façon, maman ne pourra se passer de mon aide.

Jamais je n'avais entendu mon père élever la voix contre moi. Jamais encore je ne l'avais vu en colère contre sa fille. Assis dans son fauteuil roulant, dans l'angle de la salle de rééducation où nous avions trouvé refuge pour tenir cette conversation intime, il fulminait. Sa voix de Zeus tonnant fit se tourner plusieurs têtes. Il se pencha, ma main fut happée dans sa grande main, agrippée.

— Ice, tu es notre dernière chance. Je crois en toi. Balwin croit en toi. Pour ta mère et moi, tout peut encore être sauvé, si tu réussis. Moi aussi, je trimballe des tonnes de mélancolie et de déceptions. Moi aussi, je compte sur ma fille pour me faire entrer dans le cœur quelques bouffées de joie. Je t'ai vue grandir, fillette, et la musique t'a saisie comme une fleur. Depuis tant d'années, depuis que ta mère a pris ses distances, tu es ma lumière au milieu des ténèbres, le seul bonheur qu'il me reste. Ton succès, l'autre soir, a confirmé la foi que j'avais placée en toi. Au plus profond de moi-même, je sais. Tu réussiras. Pour toi, du moins, l'aventure ne fait que commencer.

Il me serrait les doigts à les briser.

— Rentre à la maison, ouvre le troisième tiroir de ma commode. Sous la pile de vêtements, à droite, tu trouveras l'embouchoir de ma trompette. Tiens-le fort dans le creux de ta main. Mets-toi à la place du pauvre gamin, assez corniaud pour aller mettre son avenir au clou afin de rapporter un peu d'argent à la maison. Ce débris de rêve, emporte-le quand tu te rendras à cette audition. Ne me laisse pas tomber, Ice. Pas maintenant. Quant à ta mère, elle changera d'avis, une fois mise devant le fait accompli. As-tu remarqué sa fierté, quand les applaudissements ont crépité pour saluer sa fille ? Il y a bien longtemps que nous n'avions été aussi proches l'un de l'autre. Grâce à toi.

Lâchant ma main, il fit courir son doigt le long de ma joue, suivant le trajet zigzagant d'une larme. Un autre homme avait eu ce geste, quelque temps auparavant. Ice Goodman, la fontaine professionnelle.

— Petit glaçon, tu es en train de fondre. Tant mieux.

— Tant mieux, répétai-je.

Un grand rire nous submergea tous deux. Infirmiers, patients, tout le monde nous regardait, et c'était très bien ainsi.

ÉPILOGUE

Balwin me conduisit à New York. Il avait reçu l'autorisation de m'accompagner au piano. Ma mère n'était au courant de rien. Pour elle, je me rendais au collège, dans la foulée à l'hôpital, comme j'avais pris l'habitude de le faire un jour sur deux.

J'étais sur des charbons ardents. Balwin trouva une place à quelque trois cents mètres du petit théâtre retenu par Mme Senetsky pour toutes ses auditions. Quand il coupa le contact, je restai pétrifiée. Incapable d'émettre un son, incapable de bouger.

Mon compagnon me dévisagea, hilare.

— Le trac, je connais. Je l'ai ressenti. J'ai vu quantité de gens y succomber. La sainte frousse des vrais artistes, paraît-il. Chez toi, c'est de la terreur. Cette fois, j'en suis certain, nous allons assister à la naissance d'un phénomène !

À sa façon goguenarde, sans doute ne cherchait-il qu'à me rassurer. Je n'étais pas du tout en situation de supporter son humour. La colère, soudain, éclata en moi.

— Tout est ta faute, depuis le début ! Dans quelle galère m'as-tu entraînée ? Je vais me ridiculiser devant cette personne, je serai le dindon d'une farce grossière. Plus grave, à cause de toi, j'ai menti à ma mère. Si par malheur elle l'apprend, jamais elle ne me pardonnera. Si j'échoue, il me faudra des semaines pour reprendre le dessus.

— Si tu fais un flop, tu entraîneras ton pianiste avec toi, me rappela-t-il. N'oublie pas les conseils de M. Glenn. Respire à fond, plusieurs fois de suite, très lentement. Ferme les yeux. Détends-toi, fais le vide. Recettes classiques, elles marchent neuf fois sur dix. Cette audition, ce n'est pas le bout du monde. Mme Senetsky fait la fine bouche, ta voix ne lui convient pas ? Elle ne sait pas ce qu'elle perd. Tu t'en sortiras sans elle, un point c'est tout.

Facile à dire.

Sans plus se soucier de moi, il ouvrit la portière, descendit. Les yeux ailleurs, il attendit que je sois prête.

Il a raison, marmonnai-je. Le public du Kit-Kat m'a fait une ovation, de même que celui de notre concert annuel. Mon père a confiance en moi et lui aussi, ce garçon qui a la musique dans la peau.

Résolue à donner une leçon à Mme Senetsky plutôt qu'à en recevoir une, à mon tour, je sortis.

— Tu as raison, déclarai-je. Je déteste cette femme avant même de l'avoir rencontrée.

Il approuva, le menton sec.

— Bravo. Excellente disposition d'esprit. Allons affronter la Fée Carabosse.

Une fois poussée, la porte du théâtre nous propulsa dans un bloc de silence, de nuit et de solitude. Déconcertés, nous fîmes quelques pas dans le hall avant de nous immobiliser. Quel lapsus, pensai-je, nous avons trouvé le moyen de nous tromper de jour. Un cliquetis de talons aiguilles troubla la paix du lieu. Dans la pénombre se détacha une longue créature filiforme, le port altier, les cheveux d'un noir de jais, frange et coupe au carré.

— Ice Goodman ? demanda-t-elle, tout en déchiffrant le nom écrit sur un papier qu'elle tenait dans sa main droite, presque à bout de bras.

Tout son visage émacié tenait pour ainsi dire dans ses yeux bleus, immenses. Le nez trop long et pointu pour être honnête, décidai-je. On pourrait tuer quelqu'un avec un tel appendice.

— En effet, déclarai-je.

— Vous avez dix minutes d'avance. Qu'à cela ne tienne. Mme Senetsky se trouve déjà dans la salle. Ce jeune homme, sans doute, est votre accompagnateur ?

— Balwin Noble, précisa l'« accompagnateur ».

Il tendit bravement une main que la dame se contenta de regarder sans y toucher.

— Ne perdons pas de temps, voulez-vous ? Entrez dans la salle, montez sur scène et commencez.

C'était un ordre. Balwin me regarda du coin de l'œil.

— Prête ?

— Non.

— Parfait. Allons-y.

Il me précéda.

Tout était noir, à l'exception d'une flaque de lumière sur le plateau et de la lampe du piano. À première vue, aucun siège n'était occupé. Il n'y a personne, c'est une mauvaise blague, ronchonnai-je en mon for intérieur. Je l'aperçus enfin, assise très droite au milieu de la rangée du fond.

Balwin l'avait-il vue, lui aussi ? Il n'en laissait rien paraître. Mon pianiste filait comme une flèche en direction de la scène. Il gravit les quelques marches, prit place sur le tabouret qu'il ajusta à sa hauteur. Ayant sorti les partitions de sa serviette, il les disposa sur le lutrin.

Alors seulement, il se remémora mon existence. D'un geste discret, il indiqua le micro.

— Va, murmura-t-il. Nous sommes dans la salle de répétition du collège ou dans mon studio. Chante pour moi. Chante comme tu l'as toujours fait.

Malgré moi, je me retournai. Je tentai de distinguer le visage de l'unique auditrice. Elle n'était plus jeune, loin de là. Ses cheveux tirés, ramenés en un chignon sur le sommet de la tête, semblaient retenus par un peigne, à l'espagnole. Pourquoi était-elle venue seule ? Je me serais sentie plus à l'aise, face à une foule. Cet échalas antipathique, à l'entrée, devait être son assistante.

Je montai l'escalier comme s'il conduisait à l'échafaud. Bref essai de voix, quelques vocalises. J'échangeai avec mon pianiste un dernier regard. Le sien, neutre ; le mien, semblable à celui du condamné. Je battis des paupières. Inspirer, expirer. Ses doigts, sur le clavier, me firent entrer au paradis de *Lullaby*. Assis au premier rang, papa m'adressa l'œillade du diable, celle qui porte bonheur. Il ouvrit sa main. L'embouchoir de la trompette s'y trouvait caché. Je chantai de mon mieux. Au fil des morceaux, je sentis monter un moi un sentiment d'euphorie.

Quatre classiques du jazz s'achevèrent sur quelques notes que Balwin avait encore sous les doigts, comme des gouttes en suspension. La lumière s'éteignit.

Mme Senetsky en avait entendu suffisamment.

Quand nous descendîmes de scène, il n'y avait plus personne. La vieille taupe exotique s'était envolée. Nous fîmes, l'espace de cinq minutes, le pied de grue dans le hall crépusculaire avant de comprendre que même l'assistante revêche n'avait pas jugé bon d'attendre, fût-ce pour nous mettre à la porte.

— Ces gens sont incroyables, pestai-je à mi-voix. Ils pourraient au moins nous remercier d'être venus et nous donner un premier avis.

Balwin secoua la tête, l'air d'un grand garçon habitué à fréquenter le gratin des arts et des lettres.

— Tu ne les connais pas encore, Ice. C'est à nous de les remercier de nous avoir accordé une heure de leur précieux temps.

Le trajet de retour fut très silencieux. Balwin Noble ne trouvait rien à dire, il était facile de deviner pourquoi. Toute cette affaire avait tourné au désastre. Un grand creux s'était formé dans ma poitrine. Nous nous séparâmes sans même un mot d'adieu, un remerciement. Seule pensée rassurante, maman serait enchantée de mon échec. Je n'avais toujours pas l'intention de lui révéler mon escapade. Elle ferait un scandale de ne pas avoir été mise au courant.

Sans oublier cette expérience décevante, je la reléguai dans une zone lointaine de mon esprit, où elle cesserait de me tourmenter pendant la période cruciale précédant les examens, semaines frénétiques où tous les élèves remplis d'allégresse et de jubilation se jetaient à corps perdu dans le délire. Personne n'échappait à cette grande excitation. On parlait d'avenir, d'universités, de boulots. Pour certains, des projets de longue date allaient prendre forme ; d'autres, dans l'exaltation de cette liberté soudain offerte, se découvraient une vocation. Lentement, pour tous, s'ouvrait la porte immense, celle qui donnait sur le monde.

Pour tous, sauf pour Ice Goodman. Nulle route pavée d'or ne se déroulait devant elle. Condamnée à rester sur le bas-côté.

La rééducation paternelle se déroulait dans d'excellentes conditions. Il progressait à pas de géant, si l'on peut dire. Je lui avais rendu visite, quelques heures après l'audition. Il lui avait suffi de voir mon visage pour comprendre. Pas de question, pas de commentaire. Mon avenir de chanteuse avait du plomb dans l'aile. Il demeurait en suspens entre nous, comme un rêve douloureux, auquel nous avions peur de toucher. À quoi bon m'infliger, à quoi bon s'infliger à lui-même, une souffrance inutile ?

Maman insistait de plus en plus sur les nouvelles responsabilités qu'allait faire peser sur elle le retour d'un mari bancal dont la convalescence allait se prolonger pendant pas mal de temps. Je n'en décelais pas moins en elle une impatience secrète. Ces retrouvailles pouvaient être l'occasion d'un nouveau départ, encouragé par la promesse de papa de notre emménagement prochain dans un logement plus agréable.

Il allait recevoir des indemnités. Drawbridge's Department Store s'était engagé à lui proposer un emploi plus paisible. Ses collègues le considéraient désormais comme une sorte de héros.

Dans l'acte de candidature envoyé à l'école de Mme Senetsky, j'avais précisé que toute réponse devait être envoyée à M. Glenn, mon professeur de musique, à l'adresse du collège. Je voulais coûte que coûte éviter que maman, levée plus tôt qu'à l'ordinaire, ne ramasse le courrier avant moi et ne découvre une lettre compromettante.

L'événement se produisit trois jours avant la fermeture du collège pour les vacances. Convoquée chez le proviseur, je le trouvai en compagnie de M. Glenn. La stupeur fondit sur moi. Il allait se passer, dans les minutes suivantes, quelque chose d'extraordinaire, un prodige dont je serais l'héroïne. Je le lisais sur le visage élogieux des deux hommes.

J'étais admise dans le saint des saints, l'école ultrasélecte de Mme Senetsky. Elle avait signé de sa main la lettre que je dus lire à deux reprises avant d'enregistrer les mots et leur conséquence. J'en restai sans voix. Ma bouche s'ouvrit sans rien émettre. Rires, félicitations. M. Glenn fit appeler Balwin. Apprenant la nouvelle, mon ami fut saisi d'une émotion trop vive pour être réprimée. Les larmes lui vinrent aux yeux, vite effacées.

Le proviseur nous donna la permission d'aller prévenir mon père. À notre arrivée dans la salle de rééducation, assis dans son fauteuil roulant, il effectuait des exercices de musculation des bras et du dos. Il s'interrompit aussitôt. Le thérapeute se tourna pour toiser les intrus. De toute évidence, nous n'étions pas les bienvenus.

En silence, je regardai mon père.

Entre nous, comme toujours, pas besoin de mots.

Je levai la main. Entre le pouce et l'index, je tenais l'embouchoir d'une trompette.